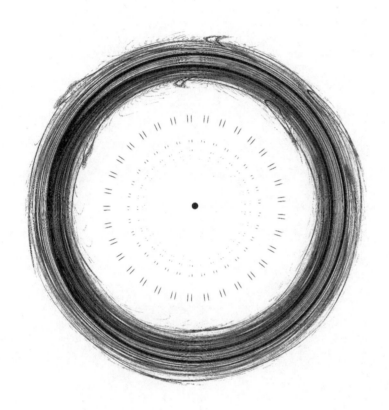

轉心

決定一生幸運的四種關鍵思惟

作　者｜第9世堪千創古仁波切

藏譯英｜肯‧荷姆斯 ＆ 凱蒂亞‧荷姆斯

英譯中｜帕滇卓瑪

審　訂｜塔布羅卓丹傑

The Four Ordinary
Foundations of
Buddhist Practice

目次

༄༅། །ཁྱིར་ད་རེས་དལ་འབྱོར་གྱི་མི་ལུས་ཐོབ་པ་ནི་ཤིན་ཏུ་རྙལ་བ་བཟང་པོ་སྟེ། ལུས་རྟེན་འདིའི་སྟེང་ནས་རང་ཉིད་ལ་ཕན་པའི་དོན་ཆེན་པོ་དག་སྒྲུབ་ཐུབ་ཅིང་། གཞན་ལ་ཡང་ཕན་ཐོགས་རྒྱ་ཆེན་པོ་ཞིག་སྒྲུབ་ཐུབ་པ་ཡིན།   དེ་ཡང་དག་པའི་ཆོས་ལ་བརྟེན་དགོས་པའི་ཕྱིར་རང་རེ་ཆོས་སློར་མ་ཞུགས་པ་རྣམས་ཆོས་སློར་ཞུགས་དགོས་ཤིང་། ཆོས་ཀྱི་སློར་ཞུགས་ཟིན་པ་རྣམས་ཀྱི་དག་པའི་ཆོས་མ་བརྟེན་པའི་སློ་ནས་ཉམས་སུ་ལེན་དགོས།   དེ་ལྟ་བུ་བྱེད་པ་དེ་ཡང་སྟོངས་དང་དང་གཞན་ཟེར་རྟེན་རྒྱག་ཙམ་མ་ཡིན་པ་རམི་ཡི་ལུས་རྟེན་འདི་དང་། མི་ཚེ་འདི་ལ་འཁྱེལ་པ་ཡོང་པ་དང་། དགོས་པ་དང་རྒྱ་མཚན་ཆེན་པོ་ཡོད་པ་ཞིག་ཡིན། ཚོན་གྱུང་སློ་སློག་རྣམ་པ་བཞིའི་ཐབས་ལ་བརྟེན་ནས་མ་གཏོགས་གསལ་པོར་མི་ཤེས།གལ་ཏེ་ཡང་དག་པ་ཞིག་ཤེས་ན། དག." . .

一生的幸運

　　一般來說，能得到暇滿人身是非常幸運的一件事，因為依靠這個人身，我們可以利益自己，也能成就廣大的利他事業。然而，這一切還需要依靠正法——未進入佛門的人需要先進入；已經進入佛門的人需要憶持正法，付諸實修。

　　這不是迷信或人云亦云的說法，因為暇滿人身與自己的一生息息相關，並具有特殊的意義。唯有透過「轉心四思惟」的方便法，我們才能夠清楚認知這一點。一旦清楚明白，就會讓我們想要精進的修持佛法，最後得到好的成果。

　　因此，能出版一本開示「轉心四思惟」的書是非常重要的。此書得以再版，我衷心的感謝。希望此書能鼓勵更多人轉心向法，成就廣大的利益。

　　願善妙增長！

創古仁波切
寫於南無布達靜處

前言

修持佛法的四種共同基礎

　　西元前五世紀，地球上出現了哲學思想的大爆炸。在中國，老子及孔子創立了對中國影響極其深遠的社會及宗教系統；在希臘，西方哲學也開始發展；在中東，以色列人有系統的將他們的信仰整合為《聖約》；在印度，耆那教徒及佛教徒也在發展極為複雜的哲學及宗教系統。

　　在這個時期，佛陀開始傳授一套不可思議的法教。他教導：「與其仰賴神或物質的追求，我們可以簡單的經由審察及修持自心而得到真正和永久的快樂。」佛陀在第一次的開示中闡明了這些觀念，當時他才三十五歲，說法地點在印度波羅奈城（Beneres）的一個鹿園，即佛教歷史上著名的「鹿野苑」。

兩千五百年後的今天，我們仍然可以到此佛陀初轉法輪的聖地參訪，並沉思他所教授的四聖諦（亦作四聖義諦、四真諦或四諦）的意義。他的法教並不是以神或宇宙如何被創造出來的抽象理論作為起始，而是以所有人類的共同願望——快樂為開始。接下來，他解釋到：「我們大家所擁有的痛苦及不快樂，都和我們對事物的執著傾向有關。」我們或許想要得到財物、配偶、享樂、他人的尊敬、重要的地位或愉悅的時光，而這一切都只是基於我們所持有的「快樂」及「不快樂」的觀念而產生的欲望。當我們仔細去觀察四周的一切事物時，將會很驚訝的發現，擁有極大物質財富的人並不比幾乎什麼都沒有的人快樂。太平洋及非洲地區的一些原始部落就是一個很好的例證，一整個部落或許只擁有幾十件財物，但是他們卻充滿了喜悅和快樂。同樣的，擁有美麗的妻子及許多社會關係的人，並不比獨自在山洞裡修行的隱士快樂。放眼望去，那些不斷出入宴會或享受快樂時光的人，並不比生活型態較為平淡的人更感到滿足。佛陀說，達到真正及持久快樂的方法，並不是汲汲營營的往外尋求，而是要如理如法的依循正道，並藉由禪修不斷的審視自心。

佛陀繼續傳法五十年，他數以千計的弟子不遺餘力的保存了這些法教。他們不僅將佛陀所說的一切謹記於心，並按照佛陀的建議精進修行，進而獲得完全及恆常的快樂——開悟的境界。這些法教後來記錄成經典，在回教入侵印度期間，若不是佛陀的許多法教於數世紀之前，已流傳至西藏並且被翻譯為藏文，佛教可能已經失傳了。西藏人保存了一百冊以上的佛經——佛陀法教的紀錄。這些佛經的長度比起老子、摩西、耶穌、穆罕默德及其他偉大宗教導師的教理長達數十倍。

當西藏於第八世紀初成為一個佛教國家時，來自印度的大修行者及學者們正面臨一個考驗：如何將佛法傳授給西藏主要的族群——一群目不識丁的牧民及農夫。阿底峽尊者於第十一世紀時將修行的四種基礎法門「四共加行」由印度帶至西藏。這四種基礎法門和所謂的「轉心四思惟」完全一樣。偉大的禪師暨學者岡波巴自噶當派領受轉心四思惟的法教之後，加以詳盡的闡述以幫助數以千計的西藏弟子瞭解「為什麼必須開始修持佛法」。由於這四種思惟是修行的基

本原因，因而稱為「修持佛法的四種共同基礎」，即「四共加行」。這四種基礎或加行法門是佛教所有傳承及教派都必須修持的法門，而「四不共加行」則是金剛乘佛教特別修持的法門。

第一種基礎思惟是瞭解到生而為人，而不是其他動物是多麼重要，但是生而為人有伴隨人身而至的義務或責任。第二種思惟是要瞭解我們生命當中什麼是恆常和珍貴的事物，什麼是瞬間即逝的東西？要使生命更具意義，首先我們必須瞭解「無常」的觀念。第三種思惟是瞭解因果業報的定律，這極為重要，因為，如果我們不瞭解因果業報，我們就沒有任何行善、助人或禪修的理由，我們就可以為所欲為了。第四種思惟是瞭解輪迴痛苦的本質，若我們不認為在輪迴中的生活及對世界觀點有什麼不好或不對，我們就無法步入法道並得到修持佛法的成果。

我們非常幸運，這些法教能由岡波巴大師持續不斷的歷代傳承直至尊貴的第九世創古仁波切。仁波切在三歲時，即

被認證為第八世創古仁波切的轉世；五歲時，他以住持的身分駐錫於歷代創古仁波切在西藏的祖寺——創古寺，並開始研習及記誦極為複雜的佛教典籍。此外，他也為了自身的開悟而實修佛法。創古仁波切現在已經八十多歲了，他一生致力於教導他人開悟的法門。為了利生，他的足跡遍布二十多個國家，為西方及遠東地區的弟子開示佛法的精義，並給予實修的指導。

克拉克‧強森博士
(Clark Johnson, Ph.D.)

第一種思惟

珍貴人身

 damt'am'ɖʑør'ɕɵn'ba

skal'pa'bzang

你很幸運能得到暇滿人身

（音譯：達究踏帕喀帕桑，dal jhor thob pa kal pa zang）

我們的存在——內顯於心，外顯於行為及言語，內在的層次遠比外在的表面重要，因為我們行為的品質取決於心。因此，在佛教修行的法道上，我們必須修心，也就是將心轉向「法」（梵文：dharma，音譯：達爾瑪 [1]）。「法」這個字有兩個意義：泛指一切嚴謹的信仰，或特指佛陀的法教，也就是引領佛弟子證得最高證悟的佛法。佛陀的法教能帶來淨離一切貪欲及惡行的平靜，而且佛法不僅能帶給自己平靜，也能帶給他人平靜。

　　修持佛法就是要修心，也就是要改變我們的心，使它轉向佛法。這個過程也許對某些人比較容易，但是對其他的人則比較困難。有些人很自然的就覺得必須出離依因緣而存在的輪迴，拋棄世間俗事對他們而言是一件非常容易的事；但是，其他的人則覺得比較困難，他們必須經過一番努力之後才能發展出這種意向。所以，到底我們要如何才能使心離棄輪迴呢？答案是：學習並觀修「四共加行」——修持佛法的四種基礎或警醒的思惟（亦稱為「轉心四思惟」或「四正觀」）。

---

1. 為便利讀者，常用專有名詞釋義於附錄之〈辭彙表〉。

四共加行的第一項是思惟「珍貴的人身」——具有證得佛果的一切順緣與自由的人身。具有珍貴人身的人非常幸運，因為他具有為一切有情眾生尋獲真正快樂的機會。因此，這種人非常罕有和珍貴。可是，如果我們不瞭解這點，就會一昧的沉迷於世俗的活動，而浪費了這個珍貴的機會，這就是為什麼思惟珍貴的人身這麼重要。

　　「大手印」是藏傳佛教噶舉派代代相傳的修持法門，這是一種極其深奧的禪修法門，能使修行者剷除一切染汙、煩惱及不安，證得究竟的佛果。但是，要達到這個目標及正確的修持大手印法門，行者必須依照一定的次第，循序漸進的實修。

　　蔣貢康楚仁波切所著關於禪修法本的《了義炬》（The Torch of Certainty）一書，開頭即言：「先觀此身暇滿寶，難得易壞應善修。」

轉心向法

　　我們已經獲得了一個極為珍貴的寶物：珍貴和暇滿的人身。我們不但得到了極為罕見的機會，也進入了佛陀的法教之門。具有人身及踏上法道非常重要，因為這就像是一種起步。然而，要在這些狀況中受益，我們的心就必須持有正確的態度。若要正確和適當的修持佛法，就必須將心導向正確的目標——佛法。

　　如果能夠將心轉向佛法，我們的行為及言語自然也會隨著轉向佛法。我們也許無法立刻完全依照佛法來履行一切事，但是在具有正確的態度之後，至少能夠逐漸的改進，最終有一天，我們的行為會完全和佛法一致。反之，若我們無法將心轉向佛法，事情只會往壞的方向發展，且很可能會愈來愈嚴重。因為我們的懶散和惰性會逐漸的增強，我們的所作所為會愈來愈偏離佛法，最後完全脫離佛法。這就是為什麼在一開始，將心轉向佛法是非常重要的，它

也是在我們能夠真正開始修行之前，必須具足的一項極為基本的條件。

將心轉向佛法就是要覺知三寶——佛、法、僧的功德。我們應該感念三寶的功德，並思考修持佛法的利益。倘若我們不實際去修持佛法，便無從瞭解不修持佛法的缺失及其隨之衍生的問題。深思修持佛法的好處會激發我們對佛法的信心，並對給予甚深法教的佛陀產生虔敬心，也會因此對修持佛法的僧寶生起恭敬心。所以，經由思惟三寶的功德，我們對佛陀的法教及修持這些法教的僧眾產生虔敬心、信心及恭敬心。如果我們對三寶具有強烈的虔誠心，那麼我們的心自然就會轉向佛法。只是枯坐著想「我要對佛法有信心，我要對三寶有信心」當然不會對我們有什麼幫助，思惟「無常」才能使我們對佛法產生虔信心。

如果我們徹底和深刻思考無常的意義，將會對三寶產生信心。思惟無常是對三寶產生信心不可或缺的因素，透過思惟無常我們能實際的喚起這種覺受，並讓它開展為無限的信心，這就是為什麼警醒我們修持佛法的第二種思惟就是觀修無常。無常很容易瞭解，因為當我們環顧四周，所看到的一

切都是無常的：我們知道人必定會死，也看到身體的無常，知道我們所擁有的財物是無常的。無常蘊涵在我們周圍的一切事物之內，所以我們可能會以為並不需要正式去思考無常，因為它是如此明顯。但是，我們必須透過真正去思考無常，才能覺知無常真正的含義。

思考無常或許並不足以激發我們對三寶的虔信心，我們仍然無法覺知三寶的功德，這就是為什麼首先我們要思考獲得稀有人身的困難。在我們思考無常之前，應該要先徹底的思惟人身難得。

認識六道輪迴

我們所擁有的是「珍寶般的人身」，因為人身如同珍寶一般罕見。具有人身的我們是極度幸運的，因為我們能夠修持佛法，倘若我們生為另一種形式的眾生，將無法修持佛法，也無法對人身的情況有任何的瞭解。由於我們具有人

身，擁有聰敏的心及強壯的身體，才足以支持修行時所需付出的努力。

將身體稱為「珍寶」，是因為它極為罕見及珍貴，而且非常美麗又相當純淨，之所以稱為「珍寶」還有兩種理由，即是因為我們擁有「八有暇」及「十圓滿」。「八有暇」即「八種自由」，在藏文裡，「自由」的字義是「安逸」和「時間」，或「有閒暇做自己想做的事情」。所以，如果我們要修持佛法、工作或做任何事情，都必須有時間才能做。

我們的身體稱為珍寶的第二個理由，是因為我們擁有十種難得並可以圓滿修行的資糧。通常，「資糧」指的是財富或良善的特質，但是這裡代表我們具有修行所需的一切有利條件或福報——順緣或善緣。有時候，我們也許有時間去做任何自己想做的事情，但可能缺乏所需的有利狀況或順緣。因此，所謂的「十圓滿」就是擁有使「八有暇」發揮極致用途的順緣。

當我們談到珍貴人身時，我們必須先對六道輪迴有所認識。所謂的六道輪迴包括：天道、阿修羅道、人道、畜生

道、餓鬼道及地獄道[2]，而人道只是六道輪迴的其中之一。一開始——尤其是初學佛法時，要我們相信無法直接看到的眾生，例如：餓鬼、地獄眾生、嫉妒心極強的阿修羅或天神的存在，是一件相當困難的事。但是，不相信鬼神並沒有什麼害處，因為這是可以逐漸學習和接納的。

相信有其他道眾生的存在，在開始時可能並不容易，可是我們必須記住：之所以不相信的理由，只是因為我們無法看見他們。然而，我們無法看見某項事物，並不表示他們就不存在。譬如，某個人在睡覺，他可能夢到許多不同的地方及人物，而一位觀看著這位作夢者的人或許就會說：「這些地方及人物並不存在。」然而，這位作夢者實際上卻非常生動的經驗到這些事件。雖然觀察者沒有同樣的經驗，但他不能就此否定這些經驗存在的可能性。因此，即使我們無法看到或直接體驗到某件事物，也不能否定它存在於某些眾生心中的可能性。除此之外，我們可能還曾有過一場非常愉快的夢，夢中的房子非常華麗，座落在一處非常優美的地方，房

---

2. 六道輪迴圖是依據佛陀建議所繪製，並置於佛教寺院外牆。具有天眼通的證悟菩薩在訪視六道輪迴後，為一般的眾生描述了各道的情形。因此，這六道應該被視為真確的。

子裡住著非常和善的人。但是，有些時候我們也會有一場非常不愉快的夢，夢中的情境非常可怕及痛苦，可能是自己陷入了一個毒蛇窟中。我們或許曾擁有過類似這兩種不同經驗的夢，而這些經驗的特質完全取決於自心，夢境愉快或不愉快，取決於極其微妙的心識印痕（識痕）或潛意識的痕跡。

我們覺醒的經驗也是一樣，如果我們有殺生、說謊或偷盜的傾向，這些惡行會在我們心中留下非常強烈的印象，並在來生[3]製造非常痛苦和恐懼的經驗。因此，由於在過去生所累積的惡業，一位「邪惡」的人將會有投生地獄道、餓鬼道或畜生道（即下三道，亦稱為「三惡道」或「三惡趣」）的結果。

相反的，如果某個人在某一生中修持布施、持戒等善業，他的來生將有投生於人道、阿修羅道或天道（即上三道，「三善道」或「三善趣」）的愉悅結果。業力的顯現過程很像是一場夢：先前的行為所留下的印象，將會影

---

3. 佛教徒相信眾生的業力將隨著轉世，從此生移轉到下一生。

響到夢境的愉悅與否，而我們在清醒時所經驗的一切事物，都是先前行為的產物。這就是為什麼佛陀給予我們關於六道輪迴的法教。他給予這些法教的目的並不是為了使人們感到恐懼，而是要告訴我們娑婆世界到底是如何運轉的。

我們是人道的眾生，這表示我們處於一種非常幸運的狀態，因為我們不需要承受下三道眾生的不幸境遇。事實上，我們已經生於最好的一道，只要想像一下畜生道眾生所受的痛苦就能明白這一點。短期而言，一位畜生道眾生必須忍受許多無法避免的痛苦和困境；長期而言，畜生道眾生無法為自己設定任何目標，或設法獲得較佳的生活和解脫。畜生道的眾生也沒有足夠的思考能力，因此無法減輕境遇的痛苦。如此看來，人道眾生真的幸運太多了，因為我們的身與心都具備了改善境遇、計畫及進步的能力。當然，和地獄道或餓鬼道的眾生相比，我們更能體會自己原來是多麼幸運！

修持佛法的八種逆緣——八無暇

人道眾生擁有免於八種逆緣的自由，也就是擁有「八有暇」或「八種修持佛法的順緣」。相對的，不利於修行的八種逆緣稱為「八無暇」或「八難」。

前三種逆緣是指我們並沒有生於地獄、餓鬼或畜生道。有人或許會認為地獄道是一個極端的例子，其他道的情形可能會比較好。但是，讓我們審視一下餓鬼道的情形，顯然沒有比較好，因為生於餓鬼道的眾生，經歷著持續不斷又極其強烈的飢渴之苦。他們唯一想到的事情就是設法尋找食物及飲水。餓鬼道眾生的心被食物及飲水所盤據，無法想到其他任何事情，也根本不會想到佛法。此外，他們的資質如此不足，永遠都無法利用他們的身體及語言做任何有益的事。相較之下，我們非常幸運，因為我們沒有這種痛苦及困難，並且能做任何我們想做的事。

那麼，畜生道的情形是否比較好呢？不，並沒有比較好，因為畜生道的眾生有強烈的愚癡之苦。牠們沒有足夠的思考能力，因此無法將心轉向任何積極有益的事。牠們無法想到「我要修行」，即便有人勸戒牠們要努力修行，牠們也無法瞭解那人所說的話。縱使有人告訴牠們：「如果你修持佛法或持誦觀世音菩薩的心咒『嗡嘛呢貝美吽（OṂ MAṆI PADME HŪṂ）』六字真言，我就給你一千兩黃金。」牠們也完全無法瞭解這句話或持誦咒語。縱使有人威脅牠們：「如果你不唸『嗡嘛呢貝美吽』，我就殺了你。」牠們仍無法做任何的應變，因為牠們完全不明白這個人所說的話。相較之下，我們是如此幸運，因為我們能夠思考和理解，並且能夠藉由行善棄惡而創造未來的快樂之因。

　　第四種逆緣是生於三種不利於修持佛法之地。生於人道並不表示我們能夠修持佛法，佛法必須出現在我們所居住的國家，而且佛法必須廣為流傳，因為如果它只局限在這個國家裡某個非常小的地區，我們便可能聽聞不到佛法，也永遠都無法認識佛法。縱使我們在這個國度中聽聞到佛法，也可能無法修持。處於這種境遇的人在佛法裡被稱為「邊地之人」，這些人生於沒有機會接觸並正確修持佛法的文化中；

相較之下，我們非常幸運，因為我們處於能夠聽聞並修持佛法的境遇。

第五，我們沒有生於天道。天道的天人具有非常愉悅的生活，享受著各種遠甚於人道眾生所能想像的喜樂及美好的事物。但是，他們之所以投生在天道，是因為過去只專注於世俗的事物，而目前也完全沉溺於享樂之中。由於他們如此投入物質享樂，並沒有尋求其他事物的願望，也從來沒有想到要尋找解脫之道或希望成佛。相較之下，我們非常幸運，因為我們並沒有生於天道，而且擁有修行的機會。

第六，我們並沒有生於沒有正法的地方。世界上有各種不同的宗教信仰，有些是好的，有些是壞的。例如，有些宗教信仰錯誤認為殺害畜生是好的，視牠們為娛神的祭品。錯誤的宗教信仰非常多，而我們卻很幸運，因為我們所依止的宗教並沒有這些不正確的信仰。我們所依止的是純淨的宗教，它已經流傳了大約二千五百年，它是佛陀的法教，以帶來平靜為要旨，是能夠引領眾生達到完全開悟的法門。我們能夠親自領會佛法如何引領眾生證得佛果，並繼續引領更多的眾生走在開悟的道路上。因此，我們非常幸運，因為我們不但沒有涉入導向錯誤的宗教，還能夠追隨佛陀清淨的正法。

第七種逆緣是出生於沒有佛示現的世界。如果沒有佛示現，我們就無法知道佛陀的存在。因為沒有人可以教授佛法，也就無法聽聞佛法；因為沒有人在修持佛法，我們也會對僧眾一無所知。所以，這是一個對三寶全然無知的世界。相較之下，我們非常幸運，因為我們生於一個佛陀示現過並給予法教的世界，我們可以領受和修持這些法教，並且有機會證悟佛果。

第八種逆緣是心智不健全。有些人天生智力不足，無法瞭解別人告訴他們的事情。顯然，心智不足的人能瞭解佛法的機會不大，能修持佛法的機會更是渺小。相較之下，我們相當幸運，能具有正常的智力及完整的生理功能修持佛法。

具足八種順緣，就是免除八種逆緣的限制，因而擁有八種有暇修持佛法的自由。這八種自由是非常珍貴且難得的禮物，因為如果一個人擁有這八種自由，他就能夠證得佛果。過去的一切諸佛菩薩都擁有這八種自由，這八種自由使他們得以證悟。同樣的，如果我們擁有這八種自由，就什麼都不需要了。我們現在的情境和一切諸佛菩薩開始步入法道時完

全一樣，因此，我們只要覺知這八種自由，然後依照證得佛果所需的努力不斷的精進。

修持佛法的八種逆境

我們非常幸運能夠遠離八種逆緣，而擁有具足一切自由及順緣的珍貴人身。我們甚至比這更加的幸運，因為我們已經開始學習佛陀的法教，並且具有修持佛法的願力。當我們覺知自己具足這一切不可思議的福報因緣時，應該覺得極度的快樂。我們應該明白，能夠具足這一切福報因緣，是多麼罕見難得的機會。一旦真正覺知到這一點之後，應該下定決心不浪費這個殊勝的人身，適當的利用它，為自己及所有的眾生帶來最大的利益。

然而，現在擁有這些順緣，並不表示在未來也會一直保有它們。假如我們現在不善加利用這個機會，以後可能再也得不到這樣的機會了。這樣的思惟應當能抵制懶惰的誘惑，

因此，能明白這一點並著意精進的努力極為重要。如果我們能夠好好的觀修，我們將會覺知，能為獲得真正的快樂而努力，是多麼幸運的事。如此，應該足以激發我們的精進心，並開展我們實際善用這些機會的強烈決心。

修持佛法時，我們會碰到一些障礙和困難，其中一項障礙是有貶低自己的傾向，以為自己沒有真正做好任何事情的能力。譬如，我們也許會說：「唉！其他的人能夠領受並瞭解法教，可是我不能，反正我就是做不到；他們能夠學會禪修並得到很好的結果，可是我做不到；其他的人能夠淨除他們的惡業，可是我做不到；有些眾生甚至能夠證得佛果或成為偉大的菩薩，可是這完全超出了我能力所及的範圍。」如果我們開始有這種想法，將會使我們完全失去自信且無法修行。在這種情況下，我們必須告訴自己：絕對不因為任何理由而感到沮喪或貶低自己，因為我們擁有最珍貴的東西——真正及全然解脫所需的一切條件及特質的珍貴人身。我們必須如此思惟：我們現在就具有這種潛能可以善加利用，沒有任何理由能阻止我們，得到全然了知一切現象的神奇力量，而唯一需要做的，就是精進的開展這種力量。感念這一切順緣，可以激勵我們走出沮喪挫折的陰影。

第一種不利於修行的逆境是「五毒熾盛」。在此種情況下，貪執、瞋恚、愚癡、傲慢和疑嫉之心，非常強烈的湧現出來。雖然我們擁有了珍貴的人身，並且希望修持佛法，但是有時候這些極為劇烈的煩惱會不斷生起，使人有完全被淹沒的感覺。這些極為強烈的煩惱，會使人想要放棄佛法的修持，當這種情形發生時，一定要很仔細的察看並瞭解狀況，然後精進不懈的以有效方法加以對治[4]。

　　第二種逆境是「惡友的影響」。雖然我們知道佛法的利益，也希望能好好修行，但是卻因為受到惡友的影響而停止修持佛法。縱使我們並不是真正想這麼做，但是惡友的影響力，卻使得我們放下了修持並從事有害的活動。這對修行是一種極大的危害，我們必須仔細的審察自己，是否有受到惡友影響的傾向，以及目前生活中是否有這類不良的影響存在。如果這種危險並不存在，我們應該感到很歡喜，並決定更努力的修持佛法；但是，如果我們覺得這種危險可能存在，那麼就應該開始設想如何剷除這種不善的影響。

---

4. 對治「五毒熾盛」的方法，請參考創古仁波切所著《止觀禪修》一書，2017 年 6 月，創古文化出版。

第三種逆境是「不能清楚區別修行的阻力及助力」，不知道什麼可能威脅到修行，什麼可能對修行有利；什麼會導致迷失方向的努力，因而錯誤去除有利的特質並發展有害的特質。如此一來，我們的修行就偏離了正途，並成為正確修行的障礙。因此，我們一定要審察自己，如果有這種危險存在，就應該加以對治，必須更徹底的學習佛法，並精確的瞭解要修持什麼和要避免什麼，且如實的去修持，如此一來我們將會發現修行變得容易許多，因為我們精確的知道應該怎麼做。

第四種逆境是「受到懶惰的左右」。我們也許很想要修行，但是有時候會變得非常懶惰，這種惰性可能會使我們停止修法。縱使我們勉強修法，成果也很有限，而且總是覺得「噢，我可以明天再做！」或「我可以等一下再做！」因此，我們的進步很少，最後可能會完全停止修法。如果發現這種障礙在阻撓我們修行，就必須下定決心不受懶惰控制，不斷的鞭策自己更加努力，更加精進的修行。

第五種逆境的產生是由於「過去生的惡業在今生成熟」。我們可能會發現修行上突然產生很大的問題，例如突然生

病。當這種情形發生時，我們應該想，這是由於過去生的某些惡行造成的，並試著加以補救。首先，我們應該經由懺悔及清淨的方法，清淨過去的惡業，這對克服困難會有一些幫助。如果問題很大並迫使我們完全停止修法，我們必須繼續祈求困境會迅速了結。當阻止修法的困難消失之後，應該立刻以最大的精進力開始修持佛法。

第六種逆境是「受到別人的控制」。雖然我們可能有修持佛法的願望，但是控制我們的人，想阻止我們修行和接近佛法。如果這種情形繼續下去的話，我們應該覺知，自己具足一切成就條件的珍貴人身可能因此浪費掉了。對治的方法是去除控制我們的干擾因素，成為自己的主宰並開始修行。

第七種逆境是「不清淨的動機」。有些人可能想要或實際上已經在修持佛法，但是修持的動機是不清淨的。當動機不清淨時，修行的結果就不會很顯著。不清淨的修行動機包括：「若我不修持佛法，來生將會很窮困，而我不想成為窮人，所以我修持佛法。」或「我此生不想生病受苦，所以要修持佛法。」當然，這些有限的動機仍然會帶來一些利益，但是真正的利益來自引領眾生得到究竟快樂的願望。如果行

者發覺自己的修行動機不清淨，必須試著消除它，或將它轉變為「為利眾生願成佛」的清淨動機。

第八種逆境也是由不清淨的動機所造成，就是以「現世的目標作為修持的動機」。例如，行善的目的是為了成名或得到金錢、獎賞等直接的利益。有些人慷慨捐贈財物的目的，是為了成名或得到讚揚。當行者帶著獲得現世利益的期望而行善或修行時，他的動機就是不清淨的。這種修行非常虛偽，從表面看很真實，大家也會由於這個人在行善，而認為這是真正的佛法。但是，這只是佯裝出來的佛法。當行者發現自己的心態可能摻雜了一些不清淨的動機時，應該不惜一切的離棄它，否則將會浪費了珍貴的人身。

以上八種逆境，對一般人而言在所難免，但它們也是無常的，只是偶爾會發生，我們只需要保持警覺，並時常自我審視，看看這些逆境是否真的產生了，如果任何逆境真的出現了，就必須試著淨除它們，不讓它們阻撓自己的修行。

我們應該利用這八種逆境作為禪修的對境，審察自己是否生起了這些暫時的障礙。懶惰是我們修行上最主要的

問題，假如我們不以自我檢查的方法來發掘錯處，將會迅速落入懶惰的掌控之中，而不設法去對治問題。所以，徹底審察這八種問題，逐一正視每項問題並思考「我有存在著這個問題嗎？」、「它是否出現在我的修行之中？」是非常重要的！

當我們徹底審察每一種逆境時，可能會在這兒發現一種，那兒又發現另一種，接下來我們應當有系統的運用必要的對治方法，來去除這些暫時的逆境。如果能去除這些逆境，我們將能夠有效的修行；如果不採取任何行動，那麼，我們將只會變得很懶散，導致不能真正的修行。

修持佛法的八種心的障礙

除了以上所提的八種逆緣（八無暇）及八種逆境之外，還有第三類不利於修行的八種情況。這類情況完全是由行者的心所造作出來，而不是與生俱來的。這八種心障是由行者

的思考方式所產生，有時候我們會產生使我們偏離正確修行方式的念頭，而錯誤的念頭會製造修行的障礙，所以審察自己是否具有這類錯誤或缺點是非常重要的。如果我們能加以辨識，就能將之淨除，並免於可能產生的障礙。

第一種心障是「對財產、名望、金錢和親友產生極大的貪執」。如果我們非常執著所擁有的財物，就會時時刻刻擔憂失去它們，或希望得到更多的財物。貪執財物讓心不能有關切其他事情的空間或時間，因此會變成修持佛法的一種障礙。我們會變成縈念財物的奴隸，而沒有時間或機會去修法。如果我們貪愛親人或密友，隨著貪愛的增長，將愈來愈無法離開他們，花在修行的時間也會愈來愈短，最後完全放棄修行。我們確實需要一些金錢及財物才能過日子，關愛他人也是一件很好的事，但是當我們對人及事物變得過於貪執，問題就應運而生了。雖然我們還是擁有修行的自由，卻無法這麼去修行，因為對人及事物的貪執，會使我們放棄修行。貪執因此變成一種障礙，所以行者必須放棄貪執的心。

第二種障礙是「行為舉止極端不善」。具有強烈的瞋怒心及惡習的人，很難和上師維持良好的關係，也會時常和

法友爭吵或衝突，而且情況會愈變愈糟，最後因為強烈的惡習而完全無法修行。當這種情形發生時，最重要的當然是覺知問題的存在。一旦覺知問題的存在之後，行者就能努力淨除它。但是，唯有行者自己才能決定如此做。雖然學習禪修會有所幫助，而嘗試淨除這一切不善的惡習，必須是行者本身自發性的努力，別人是無法幫忙的。若無法淨除這種障礙，將會使行者失去修行的自由，因此，審察自己是否有這種問題非常重要，倘若這種問題存在，行者一定要馬上矯正它。

第三種心障是「不害怕輪迴之苦，並且沒有離棄痛苦的願望」。這樣的人縱使看到或聽到下三道的一切痛苦，他們仍然不會對輪迴感到恐懼或不滿。他們仍然滿不在乎，認為反正一切都是痛苦的，不覺得自己的行為會造成任何差別，而沒有想要解脫的願望，自然也就不想修持佛法。然而，不修持佛法就絕對無法得到解脫，如果我們有這樣的念頭，就必定要淨除它，將它轉化為修持佛法以解除輪迴之苦的願力。對輪迴之苦的恐懼，是生起這種願力的基礎，淨除以上的障礙，能使行者獲得修行及達到解脫的自由。

第四種心障是「信心不足」。有些人或許聽說過佛法的功德，以及修持佛法能帶來解脫，可是卻仍然沒有信心或不相信自己能證得佛果，自心似乎擋住了解脫之門。若這種情形發生了，我們一定要剷除這種念頭，如此才能獲得免於第四種心障的自由。

第五種心障是「喜愛惡行」。有些福報不足的人偏離正道而步入歧途，他們並沒有任何行惡的特殊理由，但是卻喜愛殺生、說謊、偷盜等惡行。五無間罪[5]是最嚴重的惡行，會導致即身墮入三惡道的後果。具有喜愛惡行傾向的人，他的身、口、意所造作的一切行為都是不善的，這種人無法修持佛法或找到任何的平靜。然而，在某些有利的情況下，他將可以認清自己的作為是不對的，因此可以改正這種錯誤的態度和行為，並剷除這種修行的障礙。

第六種心障是「天生不喜愛佛法」。縱使別人為他們闡明佛法的利益，這種人依然不覺得佛法值得去精進修持。他

---

5. 五無間罪：殺父、殺母、殺阿羅漢、出佛身血（故意傷害佛或菩薩）及破和合僧（造成僧眾的不和諧）。

們並沒有任何排斥佛法的特殊理由，只是不認為佛法是好的，這就如同把草送給一隻狗，這隻狗不會想：「哦，這是草，我不喜歡草！」牠只是不會去吃草罷了。同樣的，或許這些人面前就有佛法，並且有聽聞及修持佛法的機會，但是他們看不出來佛法對他們的幫助及利益，也沒有足夠的福報去理解這種利益的機會。但是，這種福報的缺失只是一種念頭而已，在有利的情況之下，他們將能夠覺知，這只是阻礙修行的一種念頭罷了。當他們能夠剷除這種不利的心境，便獲得免於這種心障的自由。

第七種心障是「在領受戒條及誓願之後，有所違背而未加以彌補」。譬如，在領受了引導一切眾生開悟的菩薩戒或部分的別解脫戒[6]後，破戒了而沒有設法去補救。在這情形下，想要如理如法修持的願望將會有所損壞。不過，幾乎每個人都有破損戒律的時候，但是加以修補的願心很重要，倘若這種障礙生起了，行者就必須有所覺知，並盡一切的力量，去清淨及補救破損的戒律及誓願。

---

6. 在家居士可以領受多至八條的戒律，包括不殺生、不偷盜、不邪淫、不飲酒等，比丘及比丘尼的戒律則超過一百條。

第八種心障是「出於對上師或法友的嫌惡而違背誓願，並完全放棄了修行」。對上師或一同受學於上師的法友生起強烈的嫌惡，促使這個人完全放棄了修行。當這種情形發生時，他再也無法繼續修持了，因此成為一種障礙，使行者失去修行及獲得解脫的機會。但是，如果他覺知到這個問題，並採取必要的行動去彌補破損的誓戒，就能夠重新再修行並得到修行的一切利益，同時也重獲免於第八種心障的自由。

○

以上討論了兩類修行的直接障礙：第一類是八種暫時性的不利情況（逆境），第二類是八種由心所造作的障（心障）。尚未開始修學佛法的人，不需要關切這些障礙，但是對已經開始修學佛法的人，這些障礙將會干擾修行或導致他們離棄佛法。因此，不讓這些情況生起或剷除已經生起的逆境，是非常重要的。

由於我們都是平凡的眾生，偶爾遇到障礙是非常自然的事情。但是，覺知障礙的生起極為重要。如果我們沒有覺知

到這些障礙，將會產生不善的影響，並在我們能夠加以對治之前，就使我們停止修持。因此，行者要時時保持覺性，並審察這些問題是否生起。如果我們發現自己犯了某種嚴重的錯誤，不應該覺得失去了希望，或是認為自己的修行完全毀了，我們必須對自己說：「我覺察到這個錯誤，我能夠矯正它，並且重新再開始修行的另一個過程。」

珍貴人身的法教，指出了八種能修行的自由——八有暇，除了八有暇之外，還有免於八種暫時性逆境的自由及免於八種心障的自由。我們必須免於這二十四種逆緣，才能擁有真正良好的修行條件。如果沒有其中任何一種問題，那麼我們的修行就會極有成果，並將能達到解脫的境界。

修持佛法的十種圓滿

珍貴的人身也具足十種福報或圓滿的善緣，稱為「十圓滿」，其中五種來自自己——五自圓滿，另外五種則來自他人

或外緣——五他圓滿。我們應當逐一審察每一種不同的善緣，並試著判斷是否真正具足珍貴人身的所有條件。如果我們具足這一切，應當深感慶幸，因為我們擁有圓滿的修行機會，已進入佛法之門，可以開展行善的習性，所以一切會愈來愈好，會愈來愈進步，而且不僅是這一生，還包括未來的多生多世。

另一方面，假如我們養成了壞習性，惡業一樣會因此而累積，一切只會愈來愈壞，為自己帶來愈來愈多的痛苦。這就是為什麼不斷檢視自己是否具有珍貴人身的一切條件，包括各種自由及善緣是如此重要。其中可能因為某種「意」的原因，例如持有邪見而缺失，但也可能是因為外緣的不足。無論如何，我們應該覺知和承認缺失某種條件的事實，並試圖改變現狀，使自己再度具足所有的自由及善緣，如此我們才有超越痛苦的可能性。

❀ 五自圓滿

第一類的福報來自我們自身。第一種自圓滿是具有生為人的善業——人中生：倘若我們是生在畜生道、餓鬼道

或其他輪迴道的眾生，我們就無法修持佛法，並改善我們的境遇。

第二種自圓滿是我們生於佛法流傳的地方──生於中土：在佛教歷史的早期，這表示生於印度或亞洲地區一些信奉佛教的國家，現今由於科技發達，佛法幾乎已經傳播到世界上的每一個角落。

第三種自圓滿是身心健全──諸根具足：這表示我們並沒有心智不足或諸如聾啞、眼盲等嚴重的先天殘疾，而難以獲得或瞭解法教。

第四種自圓滿是維生之道不涉及殺生或偷盜等惡業──業際不顛倒：由於佛教徒相信直接殺取人道或畜生道眾生的性命會造成惡業，因此，屠夫、軍人和從事其他犯罪活動，一樣是不當的維生方式。若我們涉及這類不善的行業，將會繼續累積使我們無法成功修持佛法的惡業。

第五種自圓滿是對佛、法、僧三寶具有信心及虔敬心──深信三寶：倘若我們不相信佛陀所給予的法教是正確

的，或聖僧所從事的利眾事業是可敬的，那麼我們永遠都不會步入可以引領我們證得圓滿佛果的法道上。

❀ 五他圓滿

第二類的福報來自他人或自己之外的情況 —— 他圓滿。

第一種他圓滿是有佛出世於我們居住的世界——如來出世：目前我們居住在釋迦牟尼佛曾示現過並給予法教的世界，這表示我們有足夠的福報，才能接觸並修持佛法。並非任何時代都有佛示現，例如在宇宙形成的初期，並沒有任何佛的示現，因為當時具有福報得以聽聞、理解、修持佛法的眾生太少了。所以，佛只有在眾生可受教時才會示現。佛陀示現之後，經過一段時期，也許是幾千年之後，法教會開始式微，最後完全消失。然而，我們極為幸運的生在佛陀法教仍然存在的時代及世界中。

我們活在預言有一千位佛要出世的賢善之劫（「賢劫」，又稱「善劫」）。賢劫千佛之中，有些已經示現過了[7]，而我們受學的是釋迦牟尼佛的佛法，他於西元前五百六十三年出生於印度，並於印度示現正覺，順應各種根器眾生的需要而給予法教。我們現在能夠領受並修持這些法教，所以我們擁有了第一種他圓滿。

　　第二種他圓滿是來到這個世界的佛曾經給予了法教——佛已說法：出世於世間的佛、菩薩或聲聞聖者，在直接證悟萬法本性之後，不一定會傳法，或者他們只會給予簡短的開示。由於教導的內容不多，眾生仍然無法領受這些法教全部的利益，無法有效的實修。此外，若佛只做少許的開示，那麼他的法教迅速式微及消失的危險性也會相當大。

　　當釋迦牟尼佛最初示正覺的時候，有相當長一段時間不說法。他證悟了一切現象任運自然的本性，但是不知道是否

---

7. 賢劫千佛包括過去的迦葉佛（Kāśyapa Buddha）、現今的釋迦牟尼佛（Śhākyamuni Buddha）及未來的彌勒佛（Maitreya Buddha）。此外，蓮花生大士在藏傳佛教中也視為是佛的化身。

有人能瞭解這一點。最初，他想：「我將不會說法，只要安住於禪定就可以了。」於是，他保持靜默整整七個星期。但是，有一些天人及非人眾生知道了以後，前去頂禮並請求佛陀給予法教，最後佛陀才開始說法。這就是為何說我們擁有「值佛說法」或「佛轉法輪」的第二種他圓滿。

我們活在擁有佛陀法教的時代，佛陀三次轉動法輪，分別給予小乘（梵文 Hinayāna）、大乘（梵文 Mahāyana）及金剛乘（梵文 Vajrayana）的法教。因此，所有的眾生都有機會修持最適合自己的法教。但是，即使是最偉大的上師想傳法，如果發現這些眾生還不適合接受這些法教時，他們就不會傳法。

從前有一位偉大的印度上師叫做斯提佳那（Smṛtijñāna），他的學問非常淵博，證量也很高。透過他的神通，他看到母親轉世為一隻青蛙，被困在西藏的一顆石頭內。出於慈悲心，他決定去那兒幫助母親。因為他不懂藏文，所以帶了一位翻譯隨行去西藏，但是這位翻譯在途中過世了。當他抵達西藏的時候，一句藏文也不會說，而成為了一位牧羊人。他所有的甚深法教全都被埋沒了，沒有人知道他是

一位偉大的上師。後來，有一位偉大的上師從印度到此，他認出這位偉大的上師時，說：「埋沒了像您這麼偉大的上師，是一件多麼令人惋惜的事啊！西藏的人實在太沒有福報了，您可以給予他們一切甚深的法教，他們竟然無緣受益。」說這話時，他的眼睛充滿了淚水，並恭敬的向這位成為牧羊人的上師頂禮，因為他明白機緣的不足，令多少珍貴的法教無法流傳。

第三項他圓滿是佛陀來到了這個世界，並給予了法教，這些珍貴的法教並沒有衰微或消失——佛法住世。如果佛法真的消失了，猶如佛陀沒有來過一樣，沒有了法教，我們就無法修行。印度這個國家之所以曾經稱為「聖地」或「吉祥地」，是因為佛陀的法教一度在那兒廣傳，是一個佛法興盛的國家。當小乘法教廣傳時，許許多多眾生由於精進實修而得到阿羅漢的果位；當大乘法教的浪潮掀起時，許許多多眾生證得菩薩的果位；當金剛乘法教廣傳時，也有許多眾生達到「瑪哈悉達」（大成就者）的成就。但是，這些偉大的法教逐漸的衰微，變得愈來愈不重要了，最終在印度完全消失，印度人再也沒有修持佛法的善業，他們失去了修行的機會。最後的結果是，佛法從印度消失了！

西元八世紀時，寂護大師（Śāntarakṣita）、蓮花生大士（Padmasambhava）及藏王赤松德贊（Trisong Detsen）將佛法引入西藏。在他們三位的影響之下，佛法傳到了西藏並且以四大教派的形式廣為流傳。每一教派都有非常偉大的大成就者、非常博學的上師及稟賦極高的禪修者。佛法能夠流傳到一個地區，是由於諸佛菩薩的慈悲願力，以及當地居民有領受法教的宿世善業。當這兩個因素同時具足，佛法就會流傳到這個地區。例如，西方國家現在創立了許多佛法中心，佛陀的法教也在西方國家廣傳。西方人現在也擁有一切必要的善因緣——傳授法教的上師、受學佛法的機會及修持佛法的機緣。他們可以在具德上師的指導之下修習禪定，或在經過灌頂、口傳及教授之後持誦觀音菩薩的心咒「嗡嘛呢貝美吽」，或蓮花生大士的心咒「嗡阿吽班雜咕嚕貝瑪悉地吽」。

我們有機會修持佛法，完全是因為我們有特殊的善緣。領受佛法的機緣不僅是由於宿世善業成熟了，也是因為今生修持佛法及追隨佛陀的願力同時成熟了，要具足這一切善緣極為困難，我們應該深感慶幸，並善用這個難得的機緣去如理如法的修持。

第四種他圓滿是佛法有付諸實修——自入聖教。佛法必須先有「如來出世」、「佛已說法」、「佛法住世」，接著是這些法教必須有人修持才行。如果我們有最好的上師，卻沒有人修持佛法，也不會產生任何好的結果。就像無論太陽多麼明亮、天空多麼晴朗無雲，陽光也照射不到居住在深山洞穴中的人。縱使處處充滿陽光，洞穴中人必須走出洞穴才能感受到陽光。所以，即使佛陀將法教流傳到每一個地方，佛法唯有在實際有人付諸修行時，才能顯現出真實的利益。

我們非常的幸運，因為我們已經步入法道，並且開始實修。現今西方國家相當富裕，人民能夠累積很多的財富，因此很容易就陷入盲目追逐物質的成就，累積更多財富的漩渦之中。然而，我們相當幸運，因為我們並沒有完全迷失於物質的追求，仍然步上了正法之道，並且開始實修。有人或許會告訴我們：「佛法並不十分有用，你不會得到多少好處的！」但是，我們一定不要聽信這類言論，而要從心上去體會，能實際開始修持佛法是一件多麼幸運的事，如此將會深切感受到佛法對我們的利益。

第五種他圓滿是有他人的慈悲相助，尤其是善知識或上師的慈悲教導——師已攝受。若沒有上師的慈悲教導，修行將極為困難。我們需要有人鼓勵我們修行、幫助我們契入法道，並陪伴我們循序漸進的修行。有上師慈悲傳法並幫助我們實修，構成了第五種他圓滿。

人身是宿世的善業

四共加行的第一項是「具足一切暇滿的珍貴人身」。它像珍寶一樣非常珍貴，因為它極難獲得。如果我們不具有人身，就不可能修持佛法；我們必須能夠分辨什麼是善、什麼是惡，才可以修持佛法。我們已經知道輪迴中的六道，尤其是畜生道的眾生無法做到這一點。畜生道的眾生既不能以身和語行善，也無法禪修，此外，由於過去生的業力，畜生道的眾生有造作惡業的傾向，會殺生及竊取，因為牠們不知道不應該這麼做。

珍貴的人身是由於宿世的善業而獲得的，要具足獲得珍貴人身的一切善因緣卻非常困難，它必須擁有極其龐大的善業及佛陀的加持，才能獲得人身。所以，暇滿人身很難獲得，而且今生獲得並不保證來世不會失去它。如果能善用這個人身來修行，我們為自己及所有眾生解除痛苦的機會，將會加倍增長。但是，如果我們不利用珍貴的人身來修行，往後的情況很可能就會愈來愈糟了。

第二種思惟

死亡無常

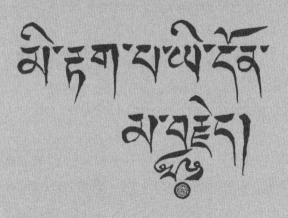

莫忘無常之義
（音譯：米塔帕宜頓　瑪皆，mi tak pa yi dön ma gye）

一旦瞭解人身多麼難得及珍貴之後，我們也必須瞭解：我們需要利用它來修持佛法。有些人也許會覺得來日方長，可以慢慢一點一點的修，這是一項嚴重的錯誤，因為沒有一件事不是無常的，每一件事都會過去，都會改變，所以我們必須及時利用還沒消失的機會，這就是為什麼轉心的第二思惟是「無常」。

無常是痛苦的預防針

徹底思惟無常，可以幫助我們迅速的將心轉向佛法，一旦知道事物是多麼容易改變之後，我們就曉得不可以浪費時間。有些人或許會認為，無常只是佛陀用來嚇唬人立即開始修行的計謀，但事實並非如此。無常是生命本具的特性：我們的生命隨時都會改變，隨時都會毀壞，所以無常並不是捏造出來的觀念。 相信一切事物可以永久不壞是一項錯誤，

而覺知一切都是無常的，可以矯正這種錯誤。我們或許會認為觀修無常是不愉快的事情，因為這意味著一切都將會瓦解和消失。但是，事實確實就是如此，這是極度重要的體認，覺知一切的無常將不會令人感到欣喜及快樂。

假設我們去一個有老虎的地方，但事前並不知道那裡有老虎，我們就會認為那是一個非常美麗的地方，並盡情的享受一切。然後，老虎出現了，那時候知道已經晚了，我們必須經歷突然看到一隻老虎向自己撲來的恐懼，最後還被牠吃掉。然而，如果我們事先就知道那兒有一隻老虎，就可以避免去那裡。當然，剛知道那裡有老虎時，我們會有恐懼感並考慮如何避開，心中會感到一股相當不愉快的恐懼。但是，由於我們覺知了老虎的存在，將可以避開真正的危險。

通常，人們只是任由生命來來去去，只是忙著日常的瑣事，似乎永遠都有許多事要做，而沒有想到一切事物都會改變及消逝。因此，若不善加思惟，這一生似乎會過得非常愉快，不會被萬物必定破滅、改變或失落的念頭所干擾。可是，

我們是否覺知到無常的存在，對萬法並沒有什麼影響，因為無常並不會因為我們的無知而停止。當無常發生時，它就如是發生了。但是，如果毫無準備，我們將會感到很痛苦。若我們對無常有所認識，將會有所準備，再藉由修持的力量，將能克服伴隨無常而來的任何困難。我們應該善用佛陀及歷代上師所給予的教導，深入觀察周圍的一切事物如何改變並顯現無常。我們的生命也是一樣，沒有任何事物永久持續不變。起初，這種念頭也許會產生許多不愉快的感覺，因為這不是一個令人感到愉快的想法，但如果我們有所準備，當無常突然襲擊而至時，它將不會令人感到極度痛苦。經由修行，我們可以開展究竟的快樂——永遠不會改變的快樂。

　　觀修無常在修行的任何階段都非常有用。當我們剛剛步入法道時，它就非常有用，因為它使我們迅速的將心轉向佛法。當我們已經修持佛法一段時間並開始怠惰時，它也非常有用，因為它能讓我們恢復修行的願力。因此，我們應該時常思惟無常，藉此保持修行的熱忱。思惟無常對迅速達到修行的目標極有助益，它像是一位幫助我們迅速達到目標的朋友。

觀修無常的五種方法

要如何觀修無常呢？在大手印四加行[8]的修持指示中提到：「次觀情器悉無常，尤以生命如泡沫，大限難料驟成屍，為法之利應勤修。」四加行的法本以五個要點闡明五種觀修無常的主要方法。

✤ 變遷的本質

觀修無常的第一種方法是「觀修一切事物會變遷的本質」。一切事物與生俱來就有變遷的本質，其中包含了這個世界及一切眾生。我們周圍的世界隨時都在改變。夏季時，

---

8. 藏傳佛教各教派通常由「四共加行（轉心四思惟）」與「四不共加行」為開始修持佛法的基礎，但各派的修持方法略有不同。修持四不共加行的行者必須完成十萬遍大禮拜、十萬遍金剛薩埵心咒、十萬遍獻曼達及十萬遍上師瑜伽法或上師相應法之祈請文。四不共加行的圓滿次數以十一萬或十一萬一千一百一十一遍計算。

大自然的事物具有某種顏色及某種型態，但這些都逐漸的在改變。到了秋季，一切又變得不一樣了，而秋天也不會永遠駐留，秋天的型態會被冬天的景色所取代，冬天所具有的型態亦會逐漸改變，最後被春天所取代。因此，我們可以看到周圍的一切，都是在逐漸和不斷的改變中，沒有任何一件事物能免於變化。

　　現在，讓我們來審察「人」的狀態。人都會改變，就以我們的身體做為例子，當我們小時候，我們的身體具有某種大小、某種外型，以某種方式思考；然後，當我們長大一點，變成年輕人或中年人時，我們身體的大小及外表都改變了，想法也會跟著改變；老年時，一切又有所改變；最後，我們都將會死亡。我們也可以從所認識的人當中，清楚的看到這些改變。我們所認識的人當中，有些已經年邁，有些則已經往生了。我們可以看到連續不斷的改變過程存在著，無常確實是我們周圍一切事物的本質。顯然，我們並沒有捏造無常，它是自然本具的特質之一。因為事情會改變，所以我們不能依賴它們，唯一有所助益的，是一種不會改變的事物——佛法，唯有修持佛法能幫助我們面對無常。

❀ 終將死亡

　　第二種觀修無常的方法是「深思他人之死亡及我們也終將會死亡」。我們可以看到和自己同時出生的人當中，有些已經死亡，有些即將死亡，而我們也終將會死亡。我們或許會認為死亡只會發生在他人身上，但是沒有任何定律指出除了我們之外的人才會死。假如我們是例外，那麼我們就不必修行，就不需要擔憂任何事情，就可以為所欲為了。可是，我們並不是例外，我們和其他每一個人都一樣會死亡。自從時間開始存在以來，從未有任何一個人不需經歷死亡。我們或許會說：「嗯，雖然我還沒有遇見不會死亡的人，但這並不表示這樣的人不存在。」縱使我們尚未遇見這樣的人，如果這樣的人真的存在的話，我們必定已經聽說過如此特別的人物了。因此，任何人都不需要懷疑這一點：每個人都會死亡。所有生於過去的人都已經死亡了，所有生於未來的人也都將會死亡。為什麼人都會死呢？因為「無常」。

　　佛陀說過，不要貪執飲食、金錢、衣物、財產，這非常重要，因為我們所享用的這些外物都不是恆常的。當死亡來臨時，不管我們擁有的是什麼，它們全都變得一點用處都沒

有。當死亡來臨時，我們所擁有的財富或名望，完全產生不了任何作用；當死亡來臨時，唯一能幫助我們的是生前所累積的善業。若能累積許多善業功德，這將會在往生時幫助我們，但是我們所擁有的一切世俗財物或名望，卻無法造成絲毫的利益。這就是為什麼我們說「修持佛法的重要性，遠甚於任何生前的世俗活動」。

我們或許會相信在死亡之前仍然有許多的時間，所以想以後再開始修行。但是，我們並不能真正確定這一點。我們絕對沒有任何理由這麼覺得，因為我們無法確定自己何時會死。死亡或許很快就會到來——也許就近在眼前，也許還要好幾年之後才會發生。然而，不論它發生的速度如何，縱使我們活得很久，死亡也不會在數千年之後才來。

所以，時間是我們生命當中一項非常重要的東西。時間極其珍貴，倘若我們浪費時間，縱使只是短短的一剎那，那仍然是我們可以用來修行，使我們更接近目標的剎那，只要我們稍加努力，就可以利用這段時間來達成目標。沉迷於世俗的追求，就如同小孩子忙於玩耍而忘記了遊戲以外的事情，如果這麼做的話，我們將無法為自己及他人帶來利

益。因此，不要浪費時間了，試著將時間用於比較有益的事情——修持佛法，這是非常重要的！

✿ 死亡的原因

　　第三種觀修無常的方法是「覺知死亡的眾多原因」。我們的生命十分不穩定，因為我們的存在是由許多不同的因緣條件所造成的。由於我們是由如此眾多不同的元素組合而成，因此我們的生命是一個不太穩定或不太堅固的聚合物，而任何的聚合物都很容易再度分解。我們無法使這個不穩定的聚合體變得比較穩定，然而，我們卻能夠學習不執著於恐懼，並將對死亡必將來臨的覺知用於修行，以求取真正的快樂。如此，當死亡突然襲擊時，沒有痛苦的快樂將會顯現。死亡的原因非常多，當我們在談論死亡時，並非如同父母為了不讓小孩子進去某間房子，而騙他裡面有老虎的謊言。我們應當確信死亡是無法避免的，透過這種覺知，瞭解生命中真正有意義的是修持佛法。沉溺於世俗的活動，既沒有用處，也沒有意義，因為這不能幫助我們面對死亡。

首先，諸如食物、金錢、財產、朋友及親人的存在都是為了幫助我們生活得比較好。可是，我們必須知道，有時候這些事物也可能造成死亡。通常，我們需要食物才能生存及成長，但是有時候食物會變成毒物並導致我們死亡。金錢和財產也是一樣，它們能改善我們的生活，但是有時候也是造成我們死亡的原因，我們可能因此樹敵，或引起盜賊的注意而招來殺身之禍。另外，身邊的朋友及親人也可能造成我們的死亡。一般而言，我們會認為周圍的一切人、事、物，都是對自己很有助益並能使我們感到快樂的，可是，我們也應該認清，周圍的一切或許也可能會是構成我們死亡的原因。

我們也不應該認為，由於我們現在還活著，就能夠逃避死亡。死亡在任何時刻都可能襲擊而至。我們不能確定自己何時會死，因為死亡的原因實在太多了。我們也不能相信，在死亡之前可以悠遊自在，我們並不知道自己何時會死，唯一可以確定的是自己終將會死。過去有許多偉大的國王，他們全都不得不死亡；過去也有許多卓越的戰士及具足勇氣的人，他們也全都必須死亡。所以，國王不能命令死亡停止，英勇的戰士無法以他們的武力來抵抗死亡，富有的人也無法找到任何賄賂死亡的方法。一旦我們認清這一點，就不能忽

略觀修無常的重要性，更不能放棄對無常的瞭解。一旦我們覺知到無常的存在之後，就必須設法做到無懼的面對死亡。我們必須去發掘如何才能做到這一點，如此才能準備好適切和積極的面對死亡。

　　把所有的時間花在臆測未來及擬定計畫上，只是在浪費時間而已，因為我們不曾對隨時都可能會到來的死亡做準備。修持佛法比擬定計畫來得更重要，就以擬定明年的計畫為例，我們並不知道計畫或死亡哪一個會先到來。如果死亡在年底之前就到來，那麼我們的計畫就白費了；如果我們在年底之前並沒有死去，那麼這項計畫還算有一些用處。可是，如果我們早就已經開始修持佛法，並盡力的累積善業，那麼不論到時候是否會死，我們的時間都沒有浪費掉。修持佛法比從事其他任何事情都重要，觀修無常及死亡將會激發我們去修行，我們可以做到真正對自己有益的事，因此我們將不再畏懼死亡，最後獲得修行的果，而且可以廣利眾生。只是想到無常會製造痛苦，而不設法面對無常，將不會對我們有所幫助，也不會對其他眾生有所幫助。只有徹底瞭解無常，能夠促使我們為了利益自己，以及所有的眾生，而採取必要和積極的行動。這就是觀修無常及死亡非常重要的原因，能夠幫助我們將心轉向佛法。

❀ 死亡的那一刻

第四種觀修無常的方法是「觀想死亡那一刻會發生什麼事」[9]，這個觀修能夠真正激發我們修行的願望。死亡那一刻會發生什麼事呢？大部分都是很痛苦的經驗，這也是為什麼大多數人都不願意去想它的原因。但是，忽視它是相當愚昧的事情，因為我們將不得不經歷它。我們全都必須面對死亡，所以企圖忘卻死亡是相當無意義的舉動，做好準備才是最重要和最實際的事情。

我們可以看看別人死亡時發生了什麼事，他們經歷過各種幻覺，這是每個人都會有的經驗，我們自己也不會例外。我們不應該因為沒有人想死，而認為人們根本不在乎死亡，這就是為什麼我們必須經由修持佛法以做好準備。當死亡的那一天到來時，我們不可能會說：「噢，好吧！沒有關係，今天是我死亡的日子。我要死了，我不在意！」

---

9. 在死亡時，心識進入「中陰身」——介於死亡與轉世再生之間的狀態，藏文稱之為「巴爾逗（bardo）」。《西藏度亡經》（*Tibetan Book of the Dead*）一書對中陰身各階段的經歷有詳細的敘述。

大多數人都不會對死亡感到快樂。所以，當死亡的時刻來臨時，如果我們尚未經由修持佛法做好準備，將無法積極和無懼的面對它。

❀ 死後會如何

　　第五種觀修無常的方法是「觀想我們死亡之後會發生什麼事」。如果以這種方式來觀想無常的話，我們將會明白這一生真的是非常沒有意義，這個念頭會減低我們對此生事物的執著。縱使我們非常富裕，一旦死亡，所有東西全都帶不走，甚至連一分錢也帶不走；縱使我們有滿倉的食物，我們卻連一口也帶不走；縱使我們有許多朋友，卻連一位朋友也帶不走，我們甚至連自己的身體都帶不走。死亡之後唯一存續的是我們的心識，心識會全然孤獨的離去，這時沒有其他事情能對我們有所助益。不論我們是富是貧、赫赫有名或默默無聞、美麗或醜陋，在死亡時都沒有任何差別，我們的心識只是孤獨的離去。死亡時，唯一能幫助我們的是生前為了開展禪定而修持的佛法，將會幫助我們不會感到恐懼或痛苦。

如果能善用這五種無常的觀修方法，我們對修持佛法的興趣及願力都會大幅度增加。此外，這五種觀修方法也能鼓勵我們剷除不善的行為，觀修時會產生昏沉或焦躁的傾向也會因此減低，並更強烈的加強修行的意願。

　　修持無常的觀修時，我們的修行自然會進步，惡習也會隨之減低。佛陀說，在所有各種的觀修之中，這確實是最高和最好的觀修。如果一位盜賊來了，而你全然不知，他可能會登堂入室，並且會為了占有你的財物而殺害你。但是，如果你知道盜賊即將來臨，你可以有所準備或馬上離開現場躲藏起來；你仍然懼怕這位盜賊，但是你的處境不會太過危險，因為你可以保護自己了。如果你觀修無常並覺知死亡的確定性，將會對你有很大的幫助。所以，若我們善用佛陀的開示並認清死亡的必然性，我們就能準備好面對死亡，當它終於來臨時，重大的困難就不會生起。

每一刻，都是珍貴的時刻

　　我們很慶幸能夠擁有非常珍貴的人身，一旦我們擁有如此珍貴的人身之後，這一生的每一剎那，都是非常珍貴的時刻，所以絕對不能浪費它。我們透過觀修無常而覺知珍惜時間的必要性。如果我們擁有的只是非常普通或平凡的人生，充滿了痛苦與煩惱，連一絲尋獲快樂的希望都沒有的話，那麼我們的想法可能會和一位囚犯一樣──只是在數日子。一位囚犯若是被判了一年徒刑，當一天過去時，他會想：「啊，太好了，又少了一天！」當一個月過去時，他會說：「啊，太美妙了，只剩下十一個月要熬了！」當兩個月過去時，他會感到非常欣喜。當處境極其惡劣時，我們內心或許會有跟這位囚犯一樣的想法，但是，我們的處境極其幸運，我們具有可以證得佛果的珍貴人身，這是一個非常稀有罕見的機會，它不但對自身有用，也能造福其他眾生。所以，當我們仍然擁有珍貴人身時，應該善用它的每一個層面，因為它不

是永恆不壞的；當我們仍然擁有它時，必定要竭盡所能的利用它，這就是為什麼我們必須做無常的觀修。

我們或許會認為觀修無常可能很危險，因為這是一個非常令人不愉快的觀修課題。但事實並非如此，因為無常不太可能會盤據我們的心。當生命有問題生起時，它顯然會帶來煩惱，但是觀修無常不太可能會造成任何損害。相反的，它非常積極有用。透過觀修無常，我們學會了如何認清現象本具的特質。一旦我們瞭解一切都是無常的，我們就不會因為恐懼而完全動彈不得，甚至變得愈來愈害怕。相反的，面對無常意味著以最佳的方式利用我們所擁有的時間，而不是無謂的去害怕任何事情。觀修無常使我們敏銳的覺知時間的消逝，並激發我們的精進心及做事的效率。我們將能夠更專注去做更多的善行，也能夠開展更好的禪定境界。我們會覺得很滿足和快樂，因為我們能廣行善法。因此，觀修無常不會使我們感到沮喪，相反的會使我們感到非常快樂，因為我們能夠知道如何善用時間。

自從佛陀給予無常的法教至今，已經幫助了許多眾生，許多小乘、大乘及金剛乘的偉大上師都善用無常，藉由無常

的觀修將心轉向佛法，並激勵自己精進的修行。當我們不能善巧的思惟無常時，可能就會以為無常是一個相當陰沉和悲淒的課題。但是，若我們能更加詳盡和周密的加以分析，將會覺察到無常其實是多麼有益。

第三種思惟

因果業報

取（一切善）、捨（一切惡）

（音譯：浪 豆，long dor）

雖然我們偶爾能積極行善，但是往往難以持久，除非我們已經確實將心轉向佛法，如果要將心轉向佛法，就必須觀修「轉心四思惟」。之前已經討論了「轉心四思惟」的其中兩項，第一項是「具足一切暇滿的珍貴人身」，第二項是「死亡無常」，第三項思惟則是闡釋「行為」和「行為的結果」之間的關係，即「業」或「因果業報」。

業，是生命的選擇

佛陀曾經說過，因果業報非常難瞭解，因為當我們察看自己目前的行為時，無法立即看到這些行為的結果；當我們看到行為的結果時，又看不到導致這項結果的行為，這種情形讓我們難以相信因果之間的關係。

要瞭解業力，我們就必須瞭解為什麼事物是無常和空性[10]的。行為背後的因果關係非常微妙，因為行為和後果之間的關係難以闡明，唯有諸佛菩薩能直接知道它們之間的關係。然而，仔細的審察，可以讓我們對行為之間的因果關係有某種程度的理解。

「業」這個字在各種語言中所使用的意義非常廣泛，它可以泛指行為和行為後果之間的關係。但是，它的語源僅意指「行為」或「活動」。在本書中，我們以行為和後果之間的關係來說明「業」。

有些人相信因果業報的定律並不存在，不論他們做的是什麼事，都不會帶來特定的後果。他們不相信良善的行為將會帶來良善的結果，惡劣的行為不會帶來不愉快及痛苦的結果。有些宗教不相信因果業報，但是佛教徒相信它的存在。由於這是一項非常微妙的課題，很難決定誰對誰

10.「空性」並非如同空盒子般的空，而是指沒有俱生的存在性。

錯，這就是為什麼我們必須審察每一種立論所持有的理由，如此或許才能辨別哪一種的立論是正確的。

首先，不相信業力的人會說，所謂的業力並不存在，因為我們無法直接看到行為和後果之間的關係。這些人相信，人類所享受的快樂，完全是由於他們自己的努力。譬如，他們相信在這一生很富有並享有良好的社會地位，只是自己辛勤奮鬥的結果。但是，沒有看到某件事情並不能證明它不存在。例如，我們心中隨時都有許多念頭在起起落落，但是沒有任何人看見這些念頭。所以，如果有人說：「所謂的念頭並不存在，因為我無法看見它們！」那是一個不正確的推理。所以，沒有看見業力的運作，並不足以構成業力不存在的證據。

再舉個例子，假設有個人在作夢，當我們看著這個人的時候，無法看到他正在作的夢。但是，我們不能因此說：「他沒有在作夢，因為我看不到它。」對這個人而言，他真的在作夢，而我們沒有看到他的夢，並不能駁斥他在作夢的事實。同樣的，因為我們看不見而說業力或前世不是真實的，並不足以構成駁斥業力或前世真實存在的論據。

另一方面，相信業力的人所持有的立論是：我們可以看到許多不同類型的人，有些人生在東方，有些人生在西方，不同的人有著不同的經歷。有些人生在有利的環境之中，例如富裕的地方，他們生活容易，教育水準又高；但是，有些人則生在非常貧困的地區，食物不足，生活非常艱苦。這些差異背後的理由是什麼？這是個人自己的選擇嗎？他們出生在貧困的地方，是因為他們選擇出生在那兒嗎？若能夠選擇出生地，那麼應該每個人都會想：「我要出生在一個生活很好，既富有又快樂的地方。」不會有人選擇出生在充滿問題和困難的地方。因此，出生在艱辛或幸福的環境之中，顯然不是自己可以選擇的。

　　出生地的分別在於過去生的行為所造成的後果，而過去生的行為決定我們出生的環境。例如，有些人會出生於可以獲得許多快樂的地方，有些人則會出生於非常困苦的環境；有些人會出生於相當好的社會環境中，有些人則會出生於非常惡劣的社會環境中；有些人會很富有，有些人則會很貧窮，這一切都是由我們過去的行為所決定的。

談到業力或過去的行為和現在的境遇之間的關係時，我們或許會認為這很可怕，因為不好的行為製造了痛苦，好的行為帶來了快樂。我們或許會認為這是一種相當令人沮喪的現象，因為我們可能會因為過去所做的事而遭受許多痛苦。可是，我們必須瞭解及承認業力的存在，並不表示我們必須消極的忍受目前所發生的痛苦；相反的，承認業力的存在表示我們有選擇權，可以決定自己未來的生活，並擁有創造快樂和消除痛苦的機會。我們可以完全由自己決定要如何創造想要的善果，並滅除不想要的惡果。

當我們瞭解業力時，就會明白如何創造快樂的因緣條件，如廣積善行，以及滅除痛苦的因緣條件，如避免惡行等。本書在第一章已經解釋了「八有暇」及「十圓滿」；第二章則描述無常的各種層面。這一章分為兩個主要部分：善業及惡業的闡述。我們將學習辨識這兩種業因的構成，並知道如何剷除「十惡業」或「十不善行」，包括：「身惡業」、「語惡業」及「意惡業」，以及發展「十善業」。

身的三種不善

❈ 殺害生命

第一種身惡業是「殺生」。當我們說殺生的惡業時，前提是必須有殺生的意圖，意外或沒有意圖的殺生並不構成惡業。例如，當一位醫師為了幫助病人而替他動手術或給他強烈的藥物，病人卻因此而死亡，這並不會形成殺生的惡業。另外，當一個人只是想到：「我想殺死這個人！」但沒有真正去殺那個人，也不會形成殺生的惡業。所以，殺生的惡業不僅必須具有「我要殺死某某人」的念頭，還包括真正去殺死那個人的行為。

殺生可根據動機而分為三種類型：第一種類型是「由於貪欲而殺生」，為了讓自己獲得某種東西或利益而殺害某人或動物；第二種類型是「由於瞋恚而殺生」，造作這種惡業的人認為他有一個仇敵，這個仇敵可能是人道或畜生道的眾

生，他受到仇敵的傷害，因此想藉由殺害的手段將之剷除。不論他使用的是武器或毒藥，無論他所殺害的仇敵是人道或畜生道的眾生，只要殺生的動機是由於強烈的瞋恨心，就屬於此類型。第三種類型是「由於無明而殺生」，造作者相信殺生沒有什麼不對，甚至認為是好事，不知道殺生是多麼不好的行為。這是因為不瞭解是非對錯而犯下殺生的類型，例如，有些人認為殺動物作為祭神的供品是一件善事。

殺生確實是非常嚴重的惡業，殺人者剝奪了被害者的生命及他所享有的一切，並迫使他面對死亡的恐懼及痛苦，這是非常錯誤的行為。因此，殺生者將會遭受到殺生的三種果報：第一種果報成熟時，殺生者將於來生遭受極大的痛苦，並且會有不好的轉世；第二種果報是殺生者會遭受類似的體驗，因為他縮短了其他眾生的生命，所以殺生者本身的壽命會很短；第三種果報是來生具有同樣的習性，也就是殺生者來世將有喜愛殺生或想要殺生的傾向。

對治殺業的方法是戒除殺生，不殺生就不會遭受到殺生痛苦的果報，而且今生和來世的境遇也會有所改善。佛陀說過：「眾生需要放棄製造痛苦的行為。」殺生是眾生必須放

棄的行為，殺人者絕對不會由於殺人而在今生獲得任何益處，因為被殺者的親友可能會報復，而且其他不利的情形也會很多。所以，殺人者時時刻刻都會活在遭人報復的恐懼之中，而且可能會被關入監獄。不放棄殺生的行為，不僅會給未來製造極大的痛苦，也會為今生帶來許多困擾。不殺生的利益，短期而言能使我們免於殺生所帶來的一切恐懼及苦惱，而這些利益都是殺生者不能獲得的。

有鑑於此，我們應該下定決心，從現在開始直至死亡絕對不殺生。不殺生確實非常重要，我們可以藉此善行而積聚許多的功德，在來世很可能會享有長壽及健康的善果。

佛陀在《別解脫戒經》中如此開示：眾生應該放棄一切惡行，並修持善行。這項告誡並不表示我們必須放棄一切愉悅、美好的事，而去發展不愉快、痛苦和艱難的事。若加以細察，就會發現其實我們所放棄的並不是快樂，而是如同毒藥般可怖的行為——今生及來世痛苦的因。所以，若能剷除它，即能剷除痛苦的根源，就如同擺脫了束縛著我們雙腳的腳鐐。因此，它並不是一件困難的事，而是引導我們終結痛苦的善法。

☸ 偷盜

第二種身惡業是「偷盜」或「不與取」。若不戒除偷盜的惡習，將會對自己及他人造成傷害。不論是富有或貧窮的人，都對自己所擁有的東西相當執著和愛戀，富有的人喜愛他的財富，貧窮的人也喜愛他所擁有的物品，因為他們可能都花費很大的精力才得到這些東西。無論如何，得到自己想要的東西之後，一般人都會非常珍視它，假如東西被人偷走或搶走，就會感受到極大的痛苦。所以說偷盜會製造出許多心理上的痛苦，現實上也可能帶給受害者匱乏之苦。

偷盜帶給他人不快樂，也會為偷盜者帶來困擾。首先，偷盜者必須曉得某人擁有自己想要的東西，並因此產生貪戀之心。然後，他必須耗費一番功夫才能取得這樣東西，整個過程包含「身」與「意」的不善。最後，當他取得這樣東西之後，將會擔心惡行被揭發並受到懲罰。此外，欲望是永遠無法被滿足的，貪求的心只會愈來愈強烈，一旦犯下偷盜之後，再度行竊的衝動又會生起，於是又會有下一次的偷盜，如此一直繼續下去，不滿足的感覺永無止盡。縱使連續不斷的偷盜會危及自

己的生命，偷盜者仍會繼續這麼做，直到最後他陷入極深的麻煩。所以，偷盜會給他人及自己帶來許多負面的後果。

佛陀說：「偷盜如同毒藥，是不快樂的因。」偷盜並不是愉快的經驗，因此佛陀說：「你明明知道那是不好的事情，所以必須放棄它！」偷盜會為他人及自己帶來極大苦因，不但今生如此，來世也是如此。當偷盜的惡業在來生成熟時，將為自己帶來極大的痛苦。戒除偷盜的惡行將給他人及自身帶來平靜及快樂，如同佛陀所說：「佛法即是平靜，離欲即是自由。」

關於偷盜的不善行有三種類型。第一種類型是「強行劫取」。例如，一位強壯有力的人直接攻擊他人，奪走他人的財物。在戰爭時經常會發生此類的行為，戰勝者強行奪去戰敗者的財物。第二種是「當受害者不在場時偷取其財物」；第三種是「以欺騙的手段取得他人的財物」。例如，利用不實的度量工具牟利，或佯稱某件本錢極其便宜的東西非常珍貴，卻以極高的價錢賣出。

有幾種情形不能算是真正的偷盜：第一，如果所取之物沒有什麼價值，也不太重要，而且當時的想法是：「噢，拿

了這個東西也不會有什麼差別。」；第二，如果所取之物屬於極親密的朋友，而且取物時也知道他不會在意；第三，所取的是有害之物，例如，如果某人擁有毒藥，你取走毒藥並將它藏起來，而這項舉動是出於良好的動機，那麼這就不算是偷盜。

不偷盜是眾多的善法之一，它將會為行者帶來極大的快樂，因為干擾修行的障礙已經不復存在，偷盜所伴隨的恐懼消失了，別人也不需要活在遭偷盜的恐懼之中。由於雙方不再擔心受怕，彼此看起來也更像是朋友了。所以，放棄偷盜的惡行，能為心識帶來許多修行的空間，這就是為什麼放棄偷盜的惡行是善法的緣故。

❀ 不正當的性關係

第三種身惡業是「不正當的性關係」，尤其是通姦。佛陀曾說過，這是必須避免的惡行，因為它會帶給許多人深切的痛苦。放棄這種惡行，對自己和他人都有利益，並且能給自己及他人帶來平靜及快樂，這是非常重要的。「通姦」到

底是什麼呢？當兩個人一起和諧的生活，互相愛護著彼此，卻因外人誘惑其中一人，使他們感情破裂而被迫分開，這種情形就是通姦。它會造成原本和諧的伴侶產生許多痛苦和不快樂，此外，也會帶給涉事者許多困擾，不僅分手的伴侶感到難堪，誘惑者也不會好過。所以，若能避免通姦的行為，這類的紛擾就不會發生。遠離擁有這種不善業的人，將可以確保自己保有美好的關係，並心安理得的去喜歡所愛的人。

除了通姦之外，還有三種不當的性關係。第一種是「與受家族保護的人或同一家族中的人發生性關係——亂倫」；第二種是「與受佛法保護的人，即持守戒律的人發生性關係」；第三種是與「受父母保護的人，即仍然與父母住在一起的年輕或年幼之人發生性關係」，因為這會讓有保護責任的父母感到十分痛苦。放棄不當的性關係能夠避免不必要的麻煩和糾紛，並免於觸犯法律。

如法的性關係才會使人感到安心，會讓人覺得比較自在，比較能駕馭自己的心。能駕馭自心對修行很有助益，能減少許多干擾禪修的念頭。俗話說「快樂的本質是平靜」，放棄不當的性關係是帶來平靜的方法之一，同時也會使今生

及來世的生活比較安逸，倘若今生繼續沉溺於不當的性關係，來世可能會投生於下三道。此外，若此生習慣於不當的性關係，這種習氣將會延續到來世，繼續製造痛苦。若今生能夠放下這種惡習，並發展清淨的習氣，讓清淨的習氣繼續成長和延續，行者的心也將比較容易轉向佛法，修持也才能真正的成為法道的一部分。

語的四種不善

語惡業可分為四種。

✸ 妄語

第一種是「妄語」，說謊會為每個人帶來困擾。說謊的當下似乎是一件既愉快又省麻煩的事，但事實上說謊很快就會製造許多的麻煩及痛苦，放棄說謊的惡習可以帶來平

靜與快樂。在面對說謊的習慣時，我們捫心自問：「我們
說謊的對象是誰？」答案並非不信任我們的人，因為不信
任我們的人，不論我們說什麼，他們都不會相信。通常，
我們只會對信任和喜歡我們的人說謊，並覺得自己騙得了
他們，讓他們相信了不真實的事情。若他們相信了謊言，
雖然解決了燃眉之急，但問題將於日後生起。說謊時，我
們或許會想：「哈，我真的瞞過他們了！」但是，經典中
提到「說謊的人才是真正被騙的人」，唯一真正被欺瞞的
是說謊者本身，而其他人並沒有被欺騙，因為人們會知道
一件事：說謊的人永遠無法說實話，所以當說謊者再度出
現時，他們自然會知道他是來騙人的，而不會再上當了。

✵ 兩舌

　　第二種語惡業是「兩舌」。人們為了讓自己得到利益和
傷害他人，就用兩舌製造他人的分歧。比如，我們知道某兩
人是好朋友，但是為了圖謀自己的利益或為了使他們痛苦，
而基於瞋恨心或無明說了一些深深傷害他們或造成雙方失和
的話，這就是「離間」或「兩舌」。

這種語業非常惡劣，因為將原本是互信、互助、互愛的伴侶，以離間的方式企圖造成雙方分裂，讓充滿了積極和良善的情感，轉變為懷疑、瞋怒、嫌惡、傲慢、猜忌等等不和諧的煩惱。短期而言，這種不善的行徑會使雙方都感覺到痛苦；長期而言，他們可能會對彼此產生極深的敵意，因而做出許多足以造成未來痛苦的惡行，而這一切的痛苦都是因為離間這項語業而產生的。

　　離間之語不僅會使受害者痛苦，也會帶給離間者諸多惡果。最後，大家終究會認清離間者的真面目，知道其所造作的各種惡行。所以，離間者在此生將不容易交到朋友，卻很容易樹敵；離間的習氣也將會造成來世的許多痛苦，由於離間會對自他製造出瞋恚及忿恨的念頭，導致離間者來世喜愛爭鬥、易起猜忌和瞋恨之心，並擁有作惡的習性，讓離間者陷入甚深的痛苦。

　　若能不說離間語，我們將不會造成彼此相愛的人之間的分歧。離間對原本就對立的敵人沒有作用，反而是對彼此還想或擁有良好關係的人才能發揮作用。所以，不說離間語，代表我們不去破壞這些良好的關係，而且持戒者本身也可以有較佳的人際關係，將能擁有較多的朋友和較少的敵人。持

守不說離間語對今生和來世都很好，讓我們不會累積說離間語的習氣。

✸ 惡口

第三種語惡業是「惡口」，就是以瞋怒的語言去傷害他人。我們或許會認為嚴苛的話語，不會造成病痛或飢渴等身體的痛苦，所以惡口似乎沒什麼不好。事實上，傷害性的話語如同武器，當我們以刻薄粗暴的方式對另一個人說話時，會引起許多心理上的痛苦，並能引發瞋恨或其他煩惱，導致最後對方可能會覺得無法和我們相處。

嚴苛的話語事實上會帶來很多痛苦，除了煩惱之外，什麼也無法帶給我們。起初，對別人說一些尖酸刻薄的話可能會讓人覺得很暢快，但是它只會引發對方的情緒，並以惡言回報，如此將會帶給雙方極大的痛苦，而這種痛苦也必然會帶來反彈。

不惡口能減少瞋恨心及不良的動機，所以有非常多好處。此外，不惡口也能增長他人良善的動機，與他人建立友

誼的機會將隨之加強。這種良好的習性將給人們帶來更多的平靜與快樂，值得我們努力去開展，縱使些許的努力也能使我們有所收穫。每當我們覺察到自己將說出嚴苛的言詞時，縱使少說一個字也具有非常大的利益。

❀ 綺語

　　第四種語惡業是「綺語」，這是指沒有目的或無聊的閒談。

意的三種不善

　　意惡業有三種：貪、瞋、邪見。

✺ 貪

　　「貪」是指想要擁有屬於他人事物的欲望。當我們看到某個人擁有美好的物品、龐大的財富或令人羨慕的品德，心想：「我想要擁有這些，真希望它們可以變成我的。我覺得自己應該擁有這些財富或好處，此人才不配擁有這一切。」貪婪的動機和行為沒有什麼差別，因為兩者都是心的狀態。

　　若欲求屬於他人事物的動機日漸增長，將會成為許多惡行的基礎，增長的貪欲會經由瞋恨、欲望等情緒表現在行為中。當我們採取行動之後，會使他人受到傷害及感到不快樂，也會給自己帶來麻煩。貪欲心不僅會傷害他人，也無法帶給自己真正的利益，因為欲望是永遠無法滿足的，縱使我們得到一件我們所欲求的物品，之後我們就會想得到兩件；得到兩件之後，又想得到更多。欲望是無止盡的，受制於欲望的人，為了滿足自己而做的行為，只會帶給自身及他人痛苦。當欲望生起時，我們應該想：「是的，我喜歡別人所擁有的事物，但是這對我並沒有什麼好處，因為欲望是永遠都無法滿足的，只會不斷想要得到更多，而且欲望會造成不快

樂，他人也會因此與我有紛爭。」看清楚這一點之後，我們就會瞭解，處理貪婪心最好的辦法就是避開它。

✿ 瞋恨

第二種意惡業是「瞋恨」。例如，在忿怒或嫉妒的驅使下，我們希望不好的事情會發生在某人身上，他將會因此而感到痛苦並遭遇困難。我們心想：「希望他問題重重！」不論這種傷害來自於自己或他人，都是一種不善的動機。這種不善的動機，慢慢的就會被他人所覺察，別人因此會開始不喜歡你，並成為你的敵人。你將會發現你開始失去朋友了，再也沒有朋友可以幫助你。因此，不善的動機對自己及他人都沒有利益。若我們生起瞋恨之心，就會利用各種方法使傷害發生在我們所憎恨的人身上。這種動機必定會導致更嚴重的後果，我們應該避免對任何人心懷惡意。

貪欲和瞋恨兩者都是不善行。縱使如此，如果是為了利益他人而希望獲得財富，這種欲望就不是惡行，反而是善行。至於傷害他人，若我們所傷害的是一個會造成許多人陷入痛苦的人，而藉由驅逐、逮捕、監禁甚或殺害的方法來制

服他，此行為全然是為了幫助眾人的緣故，這種情況下，傷害這個人就不算是一項惡行。

✲ 邪見

　　第三種意惡業是「邪見」，這是指一個人對特殊的人、事、物，例如「三寶──佛、法、僧」有錯誤的看法。邪見並不僅限於佛法方面，還包括常理方面的知見。例如，某人基於良好的動機，給予你良好的忠告，他說：「你現在所做的是錯誤的，你不應該這麼做……」如果你瞭解這個人具有良善的動機，而且他的意見是有益的，那麼你將會得到好處。但是，如果你心想：「他一定是不喜歡我，存心想害我，才會對我說出這麼難聽的話。」這是一項錯誤的心態和認知。在這種情形下，這個人良善的動機就白費了，他的忠告也無法幫上你的忙，因為你把忠告誤解為對你有害的事物，把好的東西誤以為是有害的東西。因此，當別人給你意見時，你不應該只是一昧的覺得「這是不好或錯誤的東西」，我們不應該輕易落入認知錯誤的模式當中，應該仔細辨識建議者是否具有良善的動機，他所給予的建議是否有所助益。

動機，是一切善行的開始

　　以上所說的不善業共有十種，即身惡業三種，語惡業四種，意惡業三種。避免造作這十種不善行，就是要做三種身的善業、四種語的善業及三種意的善業，這就是所謂的「十善業」。造作十惡業只會傷害自己及他人，因此我們應該加以避免；相對的，修持十善業對自己及他人都有利益，因此我們應該極力奉行。

　　修持十善業會使一切都順利圓滿，讓我們和他人維持和諧的關係。修持「十善業」即是奉行佛法，使世俗的生活與佛法相融合，這不僅能避免問題或困境產生，也能使世俗的生活更趨圓滿。此外，修持十善業不僅對今生有利益，對來世也有好處。

　　在領受法教時，我們應該在意的是「開悟」，這就是生起「希求的開悟之心」或「珍貴的菩提心」。倘若我們具有

如此的動機，所做的任何善行都會變成非常廣大深遠，並可以引導我們趨近解脫。所以，時時持守清淨的動機是非常重要的，我們所做的任何善行因而不會耗損，並將會引導我們至開悟的目標。

鑒定我們的動機是否清淨的方法，就是審察內心。我們應該時時檢視自己的所作所為，是出於清淨或不清淨的動機。因為我們具有生起動機不善的宿世習氣，因此我們必須著意的調伏自己的行為。藉由時時檢視自己的動機，試著每次都有所改進，自省的功夫將會變成一種日趨自然的過程，我們的動機也會變得愈來愈清淨。所以，永遠不要忘失領受法教的終究目的，是為了利益眾生而證得佛果，這是非常重要的。目前為止，我們為了利益眾生而做的事情非常有限，因此為了能利益無量無邊的眾生，我們必須當下立定成佛的大願。當然，我們必須修持佛法才能成佛，但是我們必須先領受佛法的教示，才能將之付諸實修。

修持四共加行的理由非常多，最重要的是我們必須先將心轉向佛法。觀修珍貴的人身，能使我們徹底明白把握今生修持佛法的必要。若我們現在不善用這難得的人身寶，可能

再也找不到同樣的機會了。我們或許會認為修行的時間還很多很長，可以慢慢的做，輕輕鬆鬆的修。如此一來，我們將會受到惰性的支配，更何況人生是無常的，我們的生命隨時都可能會結束，修行的機會隨時都可能會消失。這就是為什麼我們要觀修第二種思惟——死亡無常。

我們觀修第三種思惟——因果業報，目的是為了瞭解如何修行。當我們探討因果業報時，就能瞭解行善棄惡的必要。可是，我們也必須覺知自己的目標並不只是有限的快樂，所欲求的並不是暫時的解脫痛苦。我們也不應該認為，來生的痛苦，必定會甚於今世可能遭遇的痛苦。我們必須覺知，在未來覺受痛苦的仍然是我們自己，日後的痛苦和現在的痛苦並沒有什麼差異。所以，我們不應該著眼於短期的利益，而應該以不變的快樂為目標，我們尋求的目標是究竟不退轉的解脫，永遠不必再受任何的痛苦。

第四種思惟

輪迴過患

過患

（音譯：涅米，nye mik）

「四共加行」的最後一項思惟是「輪迴過患」。輪迴中的一切事物皆依因緣而存在，輪迴的痛苦通常是以六道眾生的情況來敘述。但是，對有些人來說，這樣的詮釋方法是一種問題，因為他們無法直接看見六道輪迴。由於無法直接看見六道輪迴，他們便會懷疑六道輪迴是否真的存在，六道的眾生是否真的遭受如此可怕的痛苦？

我們必須瞭解，六道輪迴確實存在，而且之所以存在是由眾生的心識所創造。舉例來說，假設某個人正在睡覺，當別人看著他，所看到的只是一個在睡覺的人，他的身體靜靜的躺在那兒，但是人們無法看見他的心。他也許正夢到自己和一些很好的人在一處非常美麗的地方，又或許夢到自己被關入監獄或遭遇野獸攻擊等恐怖的事情，但我們無法從外表得知他所經驗到的夢境。

一個人心識中的這些經驗，是由早先的生活經驗在心識中留下的印象所造成。所以，如果他過去有許多不好的經驗，就可能會有非常恐怖或痛苦的夢；如果他在過去曾學習過讓心比較放鬆及平靜的方法，那麼他就可能會有非常美好和愉悅的夢境。

短期而言，我們可以看到一個人的習性如何創造夢中的不同經歷，這種道理也可以應用在長期的經驗。一個人在此生發展出的習性或模式，將會影響死亡時的經驗。當一個人死去時，我們從外表所看到的只是一具屍體，如同我們觀察一個正在睡夢中的人一樣，只看到這個靜止不動的軀體，而看不到他所覺受的經驗。可是，此人的心所覺受的種種經驗，都是由他前世造作的善行或惡行所決定。

因瞋恨而落入地獄的痛苦

　　我們所造作的惡行會導致一些極為可畏及痛苦的經驗。第一種痛苦的形式是具有極為強烈的瞋恨心、造作殺業或極為嚴重的淫業之人，將會得到投生地獄道的極端痛苦。這些人會得到這種果報的原因是，基於瞋恨而意圖傷害其他眾生，將會種下導致極冷或極熱的地獄之苦的心識。由於心已變得如此習慣於瞋怒，因此將會不

斷造作出以各種不同的武器攻擊他人、殺死他人、傷害他人，以及如何以各種不同的方式使他人遭受痛苦的念頭。在死亡的那一刻，一切念頭都將會應驗並在自己身上成熟。由於生前所累積的惡業如此強烈，這種經驗和覺受將會持續一段非常長久的時期，因此地獄道眾生的壽命都非常長。

我們應該知道，倘若我們投生在地獄道，唯一等著自己的是無間斷的痛苦。我們在今生所嘗到的痛苦，已讓我們覺得無法忍受，雖然這些痛苦和地獄道的痛苦比起來算是相當輕微的。試想：若我們必須時時刻刻都活在這些痛苦中，那有多麼難熬！更何況地獄之苦更甚於這些痛苦。一旦明瞭之後，無論如何我們都應該要竭盡所能的避免墮入地獄道，不僅此生，而是永遠都如此。我們要決定永遠離開地獄之苦，而不僅是暫時的解脫。

因貪吝而落入餓鬼的痛苦

　　第二種痛苦的形式是餓鬼之苦。餓鬼道的眾生時時刻刻都在忍受著極度的飢餓及乾渴。他們之所以會遭受這種痛苦，是由於宿世極其強烈的貪婪和慳吝的習性。由於貪吝的習性，這些人從未行善且累積了許多惡業。隨著貪婪之心而產生的是欲求和匱乏感，具有強烈貪婪心的人，總是覺得自己缺少了某種東西，因而不斷的追求。當這種念頭深嵌於心，將會在來世生起一種想要不斷追求的匱乏之感。因此，這類的眾生將會不斷感受到飢餓和口渴的感覺，但是永遠都無法找到足夠的食物及飲水來滿足自己，如同非常貧窮的人，缺乏食物、衣服及飲水。

　　讓我們再以夢作為例子，可以更清楚瞭解這種情形。譬如，有一個正在作夢的人，他的身邊有許多珠寶及金錢，但是由於他深陷於極度匱乏的夢境，這些珠寶及金

錢並無法帶給他任何利益。同樣的，生於餓鬼的眾生可能生活在我們的世界，但是他們無法看見和受用那些可以維持生命的物質，因此他們無法得到任何滿足。由於他們的宿世惡業障蔽了他們的覺受，使他們覺得時時缺乏食物及飲水，縱然這些東西實際上就在那兒。一旦知道了餓鬼道的痛苦之後，我們就應該竭盡所能的避免墮入如此的痛苦之中。

因愚癡而落入畜生的痛苦

第三種痛苦的形式是畜生道的痛苦。這容易瞭解多了，因為我們看得見畜生道的眾生。但是，我們並非真正瞭解畜生道的痛苦，因為我們並沒有仔細去觀察牠們所遭受的痛苦有多麼深切。畜生道最主要的問題是「愚癡」，缺乏如同人道眾生的心智，因而無法分辨什麼是有利或無益。牠們無法善用言語，也無法感受到真正的快樂。牠們無法擺脫自身的痛苦，倘若是被馴養的家畜，也無法選擇自己生命的去向。

牠們不是被人類屠宰或獵殺，便是為了生存而自相殘殺，只能不斷經歷著各種痛苦。

投生於畜生道的原因是由於根本的「無明」，當這種無明成為一種非常頑強的習性時，心識便會流轉至畜生道。一旦瞭解畜生道的苦及苦因之後，我們就能設法遠離。倘若我們精進的修持佛法，就不會墮入這個惡趣，來世甚至百世千世都不需要承受畜生道之苦。

我們必須牢記佛陀所宣說的因果業報的定律。若「因」不存在，「果」就絕不會產生；反之若「因」存在，「果」就不可避免。以花為例，若我們想要一朵花，不論我們多麼想得到它，除非我們已經播下了種子，否則我們就無法得到花朵；另一方面，若我們播下了種子，不論我們是否想得到花，花都會自然綻放。同樣的，只要我們創造了痛苦的因，不論是否想遭受痛苦，都必定會得到痛苦的果；如果我們想要得到快樂，就必須先創造快樂的因 —— 善行。如果我們不想遭受痛苦，只是想：「我不想要痛苦！」這並沒有什麼意義，重點在於離棄苦因 —— 惡行。一旦瞭解這個法則之後，我們就能依此而修行，停止造作痛苦，進而尋獲快樂。

因傲慢而落入天人的痛苦

所謂的「上三道」或「三善道」是指天道、阿修羅道及人道。上三道的眾生和下三道的眾生一樣，必須經歷深切的痛苦。他們累積了相當多善業，但是某些善業帶有煩惱的染汙。由於他們的善業，使其身形勝於下三道的眾生，而且心智也相當高，具有執行各種事業的能力。但是，上三道的眾生仍然受制於一切和合事物的定律[11]，因此需承受依因緣而存在之苦。他們仍然受到煩惱的支配，因此還是生活在痛苦的幻化中。

輪迴中的任何眾生，即使是善道的眾生都必然有痛苦。痛苦無時無刻不遍滿輪迴，縱使痛苦尚未彰顯，痛苦的根本永遠都潛在，這就是為何我們要達到佛的果位。

---

11. 「和合定律」闡明一切由不同元素或成分構成的事物終將瓦解。例如，身體是不同的元素所組成，終將在死亡之後會回歸其本來的狀態。

即使我們現在擁有一切的快樂，但這些快樂並不是永恆不變的。善道的眾生所遭受到的痛苦不如惡道之苦那麼劇烈，但是他們仍然無法免除痛苦，因為痛苦隨時都可能顯現或襲擊而至。所以，即使我們生於善道，依然要試著從痛苦中得到完全的解脫，即是要得到超越因緣和合定律的佛果或開悟。

首先，我們來看善道中的天人。天人好像擁有最完美的快樂，生活充滿了享樂和喜悅，但由於天人傲慢又完全沉溺於享樂和喜悅，而沒有修持佛法的動機。雖然天人的生活非常愉悅，卻無法永久持續，結束的時刻很快就會到來。當天人的福報受盡時，就必須經歷轉生惡道之苦。

由於天人都具有天眼通，當死亡來臨時，他們會見到五種衰滅的徵兆，包括：花飾凋萎、衣裳垢膩、腋窩冒汗、體發惡臭、焦慮不安。這對天人而言是極其痛苦的時刻，因為他們知道不只是一切的享樂即將結束了，且還將會轉生惡道，因此墮入極深的痛苦。

因嫉妒而落入阿修羅的痛苦

接著來看善道中的阿修羅。阿修羅的欲樂不如天人，所以他們沉溺於快樂的程度較低，但是他們具有非常強烈的嫉妒心。

因為累世習慣於嫉妒這種強烈的煩惱，俱生的習氣使阿修羅一直嫉妒天人所擁有的快樂。此外，他們也嫉妒其他阿修羅的快樂，這種強烈的嫉妒心不斷蠶食著他們，致使他們即使擁有了很多的歡樂與受用，也無法真正去享受這一切。嫉妒心不斷在折磨著阿修羅，當嫉妒心變得很劇烈時，彼此就會開始爭鬥和憎惡，甚至會在爭戰中死亡。

人道中生老病死的痛苦

最後來看善道中的人道。人道的情況和其他道有所不

同，人道並沒有天人那般極大的享樂，這代表人道不會太沉溺於享樂；人道也沒有如三惡道那般的極大痛苦。所以，人道是最適合修持佛法的，這也是為什麼人身被稱為珍寶的緣故，因為它擁有修持佛法的一切自由與順緣。

人道眾生具有修持佛法的能力及適合的狀態，因為人道的逸樂不像天道，會令人快樂得忘記修行的必要；人道的痛苦也不像三惡道那麼劇烈，延續不斷的痛苦而使人完全無法修行；此外，人道也不像畜生道眾生的愚癡，而具有相當的智力，能夠理解珍貴人身的價值，並棄絕對輪迴的貪戀。因此，人道眾生擁有許多自然本具的功德和福報，可以精進的修持佛法並證得佛果。

雖然人道的狀態最適合修持佛法，但也不是完全沒有痛苦。投生於人道的眾生，仍必須經歷相當大的痛苦，因為人道中有四種本具的痛苦——生、老、病、死。

首先，投生人道之時是痛苦的。在投生初始我們並沒有形體，必須在母親的子宮內經歷一段痛苦的成長過程，離開母體出生的過程會經歷出生時的痛苦，出生之後則立即面臨愚鈍之苦，既不會說話，也不會自己穿衣服、吃飯或走路。

我們全然無助，只能完全仰賴父母的照顧，無法自己照料自己，這就是伴隨出生而至的痛苦。

我們或許會認為長大後情況就會改善了。即使如此，良好的情況也不會維持很久，因為年老或病痛很快就會造訪我們。我們不應該認為「我也許能夠逃避老苦或病苦」，這是不可能的，因為老苦或病苦必定會在某個時候到來。當老年來臨時，衰弱的過程就展開了，縱使以前身強力壯，屆時也將變得衰弱；縱使曾經聰明有智慧，才智也會自然減退。這整個從年輕到老的改變過程，會令人非常痛苦及沮喪。

當疾病襲擊而至，我們的身體遍滿著痛苦，這種痛苦讓人無法忍受並希望盡快擺脫它，卻又無法如願，只能接受它，慢慢等待它消逝。除此之外，老苦及病苦還附加著另一種痛苦——死亡的念頭。我們將會有生命即將結束的恐懼，雖然到頭來都必須面臨不可避免的死亡，但經歷的過程是非常痛苦的，因為我們不知道死亡之後會發生什麼情況，我們將會往何處去。

所以，當我們談到珍貴或難得的人身時，其珍貴處所指的是能夠用來修行。

○

六道輪迴的法教並不是為了驚嚇大家，傳授這個法教的目的是為了讓大家理解，有一個境界超越了這一切──包括人道的痛苦。解脫這一切痛苦是可能的，尋獲真正的快樂也是可能的事情。只要精進的修持佛法，它可以引領我們不斷的尋獲快樂，因為種下快樂的因之後，快樂的果會相繼成熟，直到我們達到最圓滿的快樂。

若我們以為可以在金錢、名聲或享樂之中尋得快樂，那就錯了。因為這種快樂絕對不長久，它也不值得我們加以執著。我們應該把目標放在永恆的快樂，但是，唯有如理如法的修行，才能獲得這種快樂。

結語・看清現實，才能超越痛苦

　　以上所討論的轉心四思惟——「四共加行」，是佛教三乘——小乘、大乘、金剛乘修持佛法的四種基礎法門。「共」也含有「尋常」或「一般」、「平凡」的意思，因為這些法門並非特殊或祕密的法教，是每個人都看得見且能瞭解的法門，是平凡人都能印證的觀念。只要仔細加以思考，任何人都能瞭解無常、輪迴之苦或業力的法則。因此，這些法教沒有任何不尋常或深奧難解之處。相反的，「法性」或「如如自性」之類的法教，才是唯有開悟者才能瞭解。

前行是修持的基礎

　　任何時候，我們都能夠看到無常，也都可以看到輪迴之苦。我們看得見它，也知道它的存在，但是並沒有將它深嵌在心中。我們認為：「沒錯，輪迴是苦，但是下個月事情可能會稍微好轉。如果下個月沒有好轉，也許下一年就會好轉。」我們時時刻刻都抱持著某種希望，縱然知道輪迴之苦會不斷持續著，但總是希望事情有所轉機。換句話說，雖然我們知道輪迴是苦，但是我們並沒有真正認同自己所知道的事實。我們知道一切都是無常，但是仍然緊抓著事物是永恆的觀念，仍然相信事物會依現況持續下去，仍然犯了未真正認清無常的錯誤。因此，觀修這四種思惟的目的是使我們看清現實，並認同所見的事實。如果能真正看清現實，那麼我們的心自然就會轉向佛法。因此，重點是不僅是要看清這一切，還要真正認知所見的是事實，進而將認知轉化為行動。

「四共加行」的修持方法之所以稱為「基礎」或「預備」的前行法門，是因為必須先完成轉心的四思惟，才能開始修持正行的法門，也就是說修持正行前必須先做很多準備工夫。有些上師認為前行法甚至比正行法更加重要，唯有踏實的修好四共加行，我們才能真正將心轉向佛法，並對萬法持有正知正見；唯有徹底認同轉心的四種思惟，我們才能對佛陀的法教生起清淨和絕對的信心，「四共加行」確實是修行的基礎。

佛法是痛苦的解藥

痛苦是輪迴俱生的本質，所以每一位眾生都有自己的問題及煩惱。有時候我們會想：「啊，我知道那裡出差錯了！這是我特有的痛苦，這是我的問題。」但是，我們必須覺知這些問題是所有眾生都具有的，住於輪迴中的每一位眾生都有痛苦，因為痛苦就是輪迴本質。所以，當我們遇到困難或苦惱時，可能會設法暫時緩解這些困擾，或者以不同的方法

逃避問題或減輕痛苦。但是，這種解決的效用將無法持久，問題很快就會夾帶著痛苦再度出現，因為這都是輪迴依因緣而存在的必然現象。不僅人道眾生有這般無奈，六道的一切眾生都無法逃避輪迴痛苦的本質。

如果我們想要超越痛苦，絕對不能只著眼於短期的快樂，也不能只祈求稍微改善。我們必須依止佛法而尋求長期的無苦之樂，因為佛法是究竟的，它能指出一切事物的本質，同時也能給予我們立即的幫助。佛法現在就能幫助我們變得更快樂，也能幫助我們生生世世找到更多的快樂，直到我們再也不需遭受任何痛苦為止。

如果你想知道如何避免痛苦，那就不要再四下去尋找偏方，而要在佛法之中去尋求，因為佛法必定能帶領你超越痛苦。這就是為什麼佛陀給予我們「轉心四法」──「四共加行」的法教。

附錄・辭彙表

1. **阿羅漢 Arhat**：已淨除煩惱障的小乘行者暨成就者。他們是完全了悟的聲聞或獨覺聖者。

2. **觀音菩薩 Avalokiteśvara**：大悲心本尊，是西藏人最廣為修持的本尊，因此尊為西藏之祜佑者。觀音菩薩的心咒是「嗡嘛呢貝美吽」，稱為六字大明咒或六字真言。

3. **中陰 Bardo**：字義為「介於兩者之間」。中陰共有六種狀態，本書中指的是介於死亡及再度受生之間的狀態。

4. **菩提心 Bodhicitta**：開悟或證悟之心。菩提心有兩種：究竟菩提心（absolute bodhicitta）──完全覺醒、見到現象之空性的心；及相對菩提心（relative bodhicitta）──修持六波羅蜜（布施、持戒、忍辱、精進、禪定、智慧），並救度一切眾生脫離輪迴苦海的願心。

5. **菩薩 Bodhisattva**：展現證悟心者，亦指為了救度一切眾生脫離輪迴苦海，而誓願修持以菩提心為基礎的大乘法門及六波羅蜜的修行者。

6. **菩薩戒 Bodhisattva Vow**：行者為了引領一切眾生成就佛果而誓願修行並領受的戒。

7. **釋迦牟尼佛** Buddha Śākyamuni：指賢劫千佛當中最近出世、住於西元前 563—483 年間的佛，又稱瞿曇（Gautama Buddha）。

8. **依因緣而存在** Conditioned existence：輪迴的現象，見「輪迴」一詞，頁 118 注釋 38。

9. **法、佛法** Dharma：有兩個主要的意義，一是指任何真理，例如天空是藍色的；二是指佛陀所開示的法（即佛法）。本書採用的是第二個意義。

10. **法性** Dharmat：「如是」、「事物之真實本性」、「事物之如如真相」。法性是完全開悟者所見到的現象，沒有任何的障蔽及曲解。

11. **法輪** Dharmachakra：佛陀的法教可分為小乘、大乘及金剛乘，分別在三次轉動法輪時所傳授。

12. **八有暇、八種自由** Eight Freedoms：未生於地獄道、未生於餓鬼道、未生於畜生道、未生於長壽之道、未生於不利修持佛法之地、未生於無正法之地或持邪見之地、未生於無佛出世的世界、未生為心智不全之人等無暇或難以修持佛法的狀況。又稱為「離八難」。

13. **空性** Emptiness：佛陀在二轉法輪時開示外在現象及內在現象或「我」的觀念，皆沒有真實的存在性，因此是「空性的」。

14. **五無間、五逆** Five Actions of Immediate Result：五種導致即身墮入無間地獄之極其嚴重的惡行：殺父、殺母、殺阿羅漢、出佛身血、破和合僧，亦稱為五無間罪業或五逆罪。

15. **五毒** Five Poisons：相對於所知障而言，五毒指煩惱障或心識障。煩惱障主要可分為三種或五種。所謂的三毒是指：貪、瞋、癡；五毒則指三毒加上慢及疑（嫉）。

16. **四共加行** Four Ordinary Foundations：將心轉向佛法的四種觀修或思惟，包括觀修或反覆深思珍貴人身、死亡無常、因果業報及輪迴過患。四共加行是大手印的基礎法門，亦稱為「轉心四思惟」或「轉心四法」。

17. **轉心四思惟** Four Thoughts That Turn The Mind：即四加行的基礎思惟，見「四共加行」一詞，頁 116 注釋 16。

18. **岡波巴大師** Gampopa (1079—1153A.D.)：藏傳佛教噶舉派的主要傳承持有者之一，著有《解脫莊嚴寶論》（*The Jewel Ornament of Liberation*）。

19. **天道** God Realms：見「六道輪迴」，頁 118 注釋 40。

20. **地獄道** Hell Realms：見「六道輪迴」，頁 118 注釋 40。

21. **小乘** Hīnayāna：指佛陀初轉法輪時所傳授的法教，強調仔細檢視自心及其迷惑，又稱為上座部之道（Theravādin Path）。

22. **餓鬼** Hungry Hosts：永遠在飢、渴之中的眾生，生於輪迴六道的餓鬼道。

23. **阿修羅** Jealous Gods：嫉妒心極強之眾生，因有染汙的善業而生於上三道中的阿修羅道，或稱為半神。

24. **噶舉派** Kagyu：藏傳佛教的四大派之一，其他三大派為寧瑪派、薩迦派及格魯派。

25. **劫** Kalpa：佛教計算時間的一種單位用法。

26. **業、業報因果** Karma：字義為「行為」，亦指宇宙之間的因果定律——善行（善因）必導致善果，惡行（惡因）必導致惡果；善果必出自善因，惡果必出自惡因。

27. **喇嘛、上師** Iama：西藏傳統中崇高的老師。

28. **大手印** Mahāmudrā：此種禪修傳統強調直觀自心而認識自心。

29. **大成就者** Mahāsiddha：證量極高的修行者。

30. **大乘** Mahāyana：佛陀二轉法輪時所傳授的法教，強調空性、慈悲心及遍在之佛法。

31. **四加行** Ngöndro：在金剛乘中，行者通常由四加行契入法道。一般所謂的「四加行」包括「四共加行（four ordinary foundations or preliminary practices）」及「四不共加行（four extra ordinary foundations or preliminary practices）」。「四不共加行」包括要修持十萬遍的皈依大禮拜、十萬遍的金剛薩埵心咒、十萬遍的獻曼達及十萬遍的上師瑜伽或上師相應之祈請文。

32. **蓮花生大士 Padmasambhava**：於第九世紀應邀至西藏，降服邪穢及魔障，並建立寧瑪派傳承，為藏傳佛教之祖師。

33. **法道 Buddhist Path**：得到正覺或證悟的過程，亦指修行的三種次第根、道、果中的道。

34. **別解脫戒 Prātimokṣa vows**：僧尼所受持的不殺生、不偷盜、不妄語等戒律。

35. **緣覺或獨覺 Pratyekabuddha**：意為「孤立的證悟者」，又名辟支佛。為開悟的小乘修行者，依修十二因緣而悟道，但不具救度一切眾生的菩薩願，因其修行動機是自利，而非利他之菩提心。

36. **前行法 Preliminary Practices**：修持本尊禪修之前，必須完成的基礎或預備修持，見「四加行」，頁 117 注釋 31。

37. **餓鬼 Preta**：見「六道輪迴」，頁 118 注釋 40。

38. **輪迴 Samsara**：依因緣而存在的存在形式。眾生因為貪、瞋、癡（三毒或煩惱障）而流轉於輪迴，並承受輪迴之苦。

39. **僧、僧伽 Sangha**：法道上的伴侶，泛指法道上的一切行者，或特指已開悟的聖僧。

40. **六道輪迴 Six Realms of Saṃsāra**：由於不同的煩惱或心識染汙的特質而受生於輪迴的六種型態：天道——天人或天道眾

生具有強烈的傲慢心，必須歷經變易之苦；阿修羅道——具有強烈的嫉妒、猜疑心，必須歷經鬥爭之苦；人道——是六道中最幸運的，雖然有生、老、病、死之苦，但人道眾生具有達到證悟的最佳機會；畜生道——由於強烈的愚癡而受生，有深切的闇啞之苦；餓鬼道——由於強烈的慳吝而受生，有極端的飢渴之苦；地獄道——由於強烈的瞋恚心而受生，具有極端地冷熱之苦。

41. **聲聞** Rāvaka：意為「聽到（佛的聲音）的人」，指親聞佛說法的弟子，或泛指修習四聖諦而證悟成道的小乘修行者——阿羅漢，已經完全了知無我。

42. **十圓滿** Ten Assets or Endowments：有益於修持佛法的十種因素，包括生於人道、生於佛法盛傳之地、具有健全的心智、無極大惡業、對佛法有信心、值佛出世、值佛傳法、值法傳世、有修行者與修行的自由及具善知識之慈悲教導。

43. **三寶** Three Jewels：佛寶、法寶及僧寶。

44. **赤松德贊** Thrisong Deutsen (790—858 A.D.)：西藏國王，邀請偉大的印度聖者及瑜伽士至西藏，並建立了西藏的第一座佛教寺廟——桑耶林（Samye Ling）。

45. **金剛乘** Vajrayāna：佛教的三種（小乘、大乘及金剛乘）主要修持者之一。

轉心：決定一生幸運的四種關鍵思惟
The Four Ordinary Foundations of Buddhist Practice

（原書名｜轉心四思惟）

作　　者	第 9 世堪千創古仁波切
藏譯英	肯‧荷姆斯， 凱蒂亞‧荷姆斯
英譯中	帕滇卓瑪
審　　訂	堪布羅卓丹傑
發 行 人	堪布達華
總　　監	堪布羅卓丹傑
社　　長	阿尼蔣秋卓瑪
編　　輯	陳惠珍（四版）
校　　對	賴純美
封面設計	梁瑜庭
版面構成	梁瑜庭

轉心:決定一生幸運的四種關鍵思惟 / 第 9 世堪千創古仁波切作;肯‧荷姆斯(Ken Holmes), 凱蒂亞‧荷姆斯(Katia Holmes) 藏譯英;帕滇卓瑪英譯中.
-- 四版 .-- 臺北市:法源文化, 2019.07
120 面 ;17×22 公分
譯自:The four ordinary foundations of buddhist practice

ISBN 978-986-97853-0-3(平裝)

1. 藏傳佛教　2. 佛教修持

226.965　　　　　　　　108008387

臺灣出版	法源文化有限公司 地址：104 臺北市中山區復興北路 60 號 6 樓 網址：www.thrangudharmakara.org　email：dharma.kara.tw@gmail.com
臺灣發行	中華創古文化協會 地址：106 臺北市大安區敦化南路二段 81 巷 49 號 7-1 樓
香港發行	創古法源文化 地址：香港九龍觀塘成業街 11-13 號華成工商中心 9 樓 907 室
總經銷	紅螞蟻圖書有限公司 地址：114 臺北市內湖區舊宗路 2 段 121 巷 19 號 電話：886-2-27953656　傳真：886-2-27954100 email：red0511@ms51.hinet.net

印　　刷：博創印藝文化事業有限公司
三版一刷：2016 年 3 月
四版二刷：2021 年 11 月
I S B N：978-986-97853-0-3(平裝)
定　　價：NT$300 元（HK$100）

Bibliotheca Indo-Buddhica Series No. 137
The Four Ordinary Foundations of Buddhist Practice
by The Venerable Khenchen Thrangu, Rinpoche
Translated by Ken and Katia Holmes
Sri Satguru Publications
A Division of Indian Books Centre, Shakti Nagar Delhi, INDIA.